KB107963

시
니
어
가
주
니
어
에
게

주니어에게

시니어가 —

최성철 에세이

작가의 말

망가진 수수밭에서

'참 열심히 달려왔다. 뒤돌아볼 틈도 없었다.'

어느 정도 인생을 산 사람들은 곧잘 이렇게 말한다. 마구 뛰어온 사람이든, 천천히 걸어온 사람이든, 느릿느릿 기어온 사람이든, 그냥 주저앉아 있던 사람이든 대부분 이같이 말하며 숨을 내쉰다. 안도의 숨일 것이다. 참 천천히 걸어왔다든가, 참 한동안 앉아 있었다는 말은 좀처럼 하지 않는다. 산다는 것이 실제로 그렇기 때문이기도 하다. 참 열심히 달려왔다, 뒤돌아볼 틈도 없었다는 이 말속에는 보람되고 멋지고, 모범적으로 살고 싶었는데, 별로 그렇지 못했다는 아쉬움이 묻어 있기도 하다. 그렇게 들린다. 인생이라는 것이 그렇게 만만하거나 쉬운 것이 아니라는 뜻도 배어 있는 것 같다.

나도 참 열심히 달려왔다. 뒤돌아볼 틈도 없었다. 열심히 달려가는 무리 속에 섞여 같이 뒹굴며 정신없이 뛰었다. 어떤 때에는 천지 구분도 잘 못 하고, 이리저리 떠가기도 했고, 롤러코스터를 타듯 허공으로 치솟다가 하염없이 고꾸라진 적도 많았으며, 앞바퀴가 터진 줄도 모르고 차를 운전해 가다가 전복될 것 같은 경우도 수십 번이었다. 운이 좋았던 적도 꽤 많았을 것이다. 그리고 용케 지금 이 자리에 이렇게 있다.

그러는 나는 누구이며, 지금 내가 있는 곳은 어디인가. 나는 어디를 향하여 가고 있으며, 마침내 내가 도달해야 할 곳은 어디인가. 이런 질문 앞에 나는 여전히 당혹스럽다. 철학자도, 예술가도 아닌 나는 이런 질문 앞에서 난감해지고 만다. 나이가 좀 들었다는 것 외에는 아무것도 없는데, 그것도 결코 내세울 것은 못 되는데……

폭풍우에 망가진 수수밭 밑을 기어 다니듯

인생이란 폭풍우에 망가진 수수밭 밑을 기어 다니는 것과 같다고 느끼고 있다면 나는 철이 좀 든 것인가? 인생이란 어렵다 못해 가련하기 그지없다는 생각을 하다가도 나 자신이 종종 그렇다고 느낀다. 이건 그저 알량한 자기연민이겠지만, 요즈음은 내가 처연하게 느껴지기까지 한다.

　두리번거리다가 엎어져 코가 깨졌고, 발 앞에 반짝이는 쇠붙이가 동전이 아닌가 하여 발 앞부리로 뒤집어보다가 지나가는 차에 치일 뻔한 적도 있었다. 술을 많이 먹고, 도로변에 주저앉아 토한 적도 한두 번이 아니요, 버스 안에서 졸다가 종점까지 간 적도 여러 번이었다. 심지어 매일 다니던 길을 잘못 들었던 적도 있었다. 좋지 않은 경험은 이것 외에도 부지기수다. 내 인생을 지금쯤에서 초기화하거나 리셋 할 수는 없을까. 그런 생각도 많이 했다. 물론 좋았던 경험도 또 부지기수다. 아무튼 나도 참 열심히 달려왔다. 뒤돌아볼 틈도 없었다.

　그런 내가 그래도 인생을 이만큼 살아왔으니, 그 인생이라는 것에 대하여 한마디 하고 싶어서 이렇게 책상 앞에 앉았다. 이래도 되는 건지 모르겠다. 돌이켜보면 그때 몰랐던 것을 최근에 알게 되었고, 다시 그런 일이 생긴다면 그런 실수를 하지는 않을 것 같다.

　그렇다고 그때 그것을 알았다고 해서 그때의 그 일들이 더 잘 되었을까. 아니다, 더 잘 안 되었을 수도 있을 것이라고 자위도 해보지만, 어찌 되었든 지금으로서는 알 수 없다고 말할 수밖에 없다. 참 어려운 것이 우리 인생인 것 같다.

여자이면서 남자이기도 한 '단아'를 위하여

　아무튼 잘되어서인지, 잘 못 되어서인지 나는 지금 여기까지 왔다. 그리고 참 아이러니하다. 내가 했던 지나간 많은 일에 대한 후회와 미련을 잔뜩 깔고 앉은 채 "너희들은 이렇게 살아라"라고 말하려고 책상 앞에 앉아 무엇인가를 끼적이고 있다는 이 사실이 참 아이러니하다는 것이다.

　이 글은 모범적으로 인생을 산 사람의 것이 아니라, 불량하게 인생을 산 사람의 반성과 후회의 자화상이다. 그러나 나는 더는 나를 자학하지 않기로 했다. 미래는 불확실해서 두렵고 불안하고, 과거는 확실한 것인데 아쉬움과 미련 때문에 후회스럽기만 하지만, 그렇다고 그러고만 있을 수는 없기 때문이다.

　격류처럼 살았던 나는 이야깃거리가 많다. 살면서 미련과 아픔과 후회 속에서 허우적거린 적이 많기 때문이다. 나는 다음의 세대들에게 나와 비슷한 삶을 가능한 한, 반복하지 않도록 해주기 위하여 그들과 나의 이야기를 공감할 필요성을 느꼈다. 그들 중 한 명이 바로 '단아'다.

　단아는 내가 만든 가상의 젊은 사람으로, 여자이면서 남자이기도 하다. 이제 단아 앞에 내 이야기들을 꺼내 보려고 한다. 지나간 일들이 잘 기억되었으면 좋겠다. 그러나 이것으로 그가 멋지게 살아가기를 바란다면, 그것은 내 개인적인 탐욕일 것이다. 내 무거운 짐을 벗어 남에게 매어주는 꼴이 되기 때문이다.

아무튼 더 늦기 전에, 망가진 수수밭 밑을 빠져나와야 할 것 같다. 그래야 내 숨통이 좀 트일 것 같다. 그런데 다시 이런 생각이 슬금슬금 들어온다. 네가 인생에 대하여 얘기를 할 수 있느냐, 네가 그런 입장이 되기는 하는 것이냐……. 이래도 되는 것인지 모르겠다는 생각이 들지만, 이래야 되겠다는 생각도 든다.

2020년 가을의 길목,
촛불 밑에서 한강을 바라보며
최성철

Contents

언제까지 세상에다가 그런 핑계를 대면서 살아야 할까.
그렇게 살아오면서 나는 부지불식간에 생각이 옹졸한 사람, 고집이 센 사람,
사고에 균형을 갖추지 못한 사람, 배려심이 없는 사람,
이기적인 사람으로 되어버리지 않았을까 하고 생각해본다.

제1부 이제야 알게 된 것들

지금
내가
있는
곳은

단아야, 너도 아름다운 날개를 가진 나비를 본 적이 있지? 까맣고 하얀 줄이 비단처럼 곱게 짜인 멋진 날개의 호랑나비도 있고, 새까만 날개가 햇살처럼 눈부신 제비나비도 있지. 공작 깃과 같은 화려한 날개를 가진 공작나비도 있고, 투명하고 작은 날개를 가진 귀여운 모시나비도 있다.

나비는 눈곱만한 알에서부터 자신의 삶을 시작해서 징그러운 애벌레로, 그리고 못생긴 번데기를 거쳐야만 드디어 아름다운 나비가 된다. 어느 과정 하나라도 건너뛸 수가 없어. 이는 사람이 유년기에서 청년기를 거쳐 중장년기로 접어드는 과정과 유사할 거야. 그리고 사람과 나비는 마침내 노년기에 이르러 죽음을 맞이할 것이다. 우리 인간이나 곤충인 나비나 모두 이 생로병사의 길을 걸어간다.

모든 생물은 형태는 다르지만 변태하는 자기들만의 과정을 겪는다. 그러면서 필요한 시기만큼 그 과정에 반드시 머물러야 한다. 그 과정에 머무는 시간이 너무나 짧거나 길면 죽고 말 것이며, 살아도 돌연변이가 되거나 미숙한 상태로 남아있고 말 거야. 모든 생물은 일생을 살면서 그러한 과정을 맞이하고, 정해진 시간만큼 거기에 머물러야 한다.

그렇게 해야 비로소 성숙해지는 것이지. 이 엄숙하고 엄연한 자연의 이치 앞에 우리는 겸손해질 수밖에 없다. 청년기에 있으면서 노년기 같은 생각과 행동을 할 수는 없고, 설사 그렇다고 하더라도 그건 결코 바람직하지 못한 것이다. 역시 노년기에 청년기 같은 마음으로 살 수는 없는 일이야. 적합한 변태의 과정, 그 시기에 맞는 생각과 행동…….

이것은 성숙한 인간으로 살아가기 위하여, 한 마리의 아름다운 나비가 되기 위하여 견디고 지켜야 할 자연에 대한 최소한의 의무이며, 자연의 이치에 순응해야만 하는 보이지 않는 법칙이요, 자연에 대한 마땅한 도리이기도 하다. 모든 생물이 다 그렇다.

태아가 자궁에서 머무는 기간이 그렇고, 곰이 동면하는 기간이 그렇다. 만물의 생존에 대한 이치가 다 그런 것이다. 그러는 나는 과연 그러한 각 과정을 잘 겪으며, 제대로 숙성해 왔을까? 지금 너는 어떠냐? 이런 질문 앞에 나는 그만 숙연해지고 만다. 왜 그런지 너는 알겠지. 각 삶의 과정마다 거기에 적합한 생각이나 행동을 하지 못하고 너무 모자랐거나, 너무 넘쳤거나 했다는 사실.

그렇지만 단아야, 너무 무겁게 생각하지는 말자. 너나 나나 우리는 모두 다 이만큼 성장하면서 잘 살아오고 있다. 다행스럽게도 중간에 그대로 주저앉지도 않았으며, 돌연변이가 되지도 않았다. 그러나 성충이 될 확률이 1%밖에 되지 않는다는 나비를 생각해볼 때, 하늘에서 날고 있는 나비 한 마리가 주는 의미를 곱씹어보지 않을 수가 없다. 우리가 나비보다 뛰어난 건지.

지금의 나는 나의 지나간 시절에 대하여 어떻게 말할 수 있을까. 유년기는 그렇다손 치더라도 청년기를 청년기답지 못하게, 중년기를 중년기답지 못하게, 또 장년기를 그렇지 못하게 지내고 있다고 말하는 것이 솔직한 나의 심정이다. 지나간 내 생각과 행동들이 여전히 많은 후회와 아쉬움 속에 남아있음이 그것을 입증하고 있다. 또 앞으로 다가올 일들에 대한 알 수 없는 불안감과 두려움에 나는 빠져있다. 그것도 문제다. '어른애'가 되었다가 '애늙은이'가 되었고, 그렇게 또 반복되기도 한다. 아무튼 지금 이 시간에, 나의 미래를 위하여 내가 할 수 있는 것은 무엇일까.

단아야, 너는 어떠냐? 삶의 과정들을 잘 경험해나가는 것이 참으로 중요한 것인데, 다른 사람들은 어떨까. 사람이 살면서 어떻게 미련과 후회가 없을 수 있을까. 그런 생각에 슬그머니 나를 위로해보기도 하지만, 쓸쓸해지는 내 마음 한구석을 숨길 수는 없구나. 그렇더라도 우리 너무 쓸쓸해 하지는 말자. 어렵고 힘들고 아쉬운 과정에서, 때로는 절망의 순간 속에서도 우리는 스스로 자신의 어깨를 다독이며, 그 슬픔과 아픔을 자구적인 격려의 힘으로 잠재울 줄도 알고, 그렇게 우리는 우리 자신을 위로하며 살아왔지.

곰곰이 생각해보면, 조숙과 미숙은 항상 나의 곁에서 나와 함께 살아왔다. 그것들은 내 인생의 과정마다 나를 밀고 당겼다. 나는 중심을 맞추려고 애를 썼지만, 항상 내 힘은 미약했다. 그렇게 잘되지 못했다. 내 마음도 나약했다. 항상 어느 쪽으로인가 나는 기울어져 있었으며, 그것을 잘 인지하지도 못하고 살았다.

"쟤는 또래보다 참 조숙해, 쟤는 좀 미숙해."

예전에 나는 주변에서 이런 얘기를 들을 때마다 그것이 칭찬인 줄, 혹은 애정인 줄 알았으며 다들 그런 줄 알았다.

이런 생각은 했다. '미숙'보다는 '조숙'이 낫다고. 사실 나는 좀 조숙한 편이었다. 그러나 또래보다 조숙해서 문제가 되었던 일들도 참 많았다. 오히려 그때 좀 미숙했더라면 더 좋았을 것이라는 생각이 든 적도 여러 번이었다. 아무튼 사람은 각 성장 과정을 거쳐 갈 때마다 그에 걸맞고 어울리는 생각과 행동을 하는 것이 가장 소망스럽다. 가장 바람직한 것은 그때그때에 잘 맞게 숙성되어 성숙해진 모습일 것이다.

갖은 욕심과 지나친 욕망 속에 휘청거리고, 주변 사람들이 나보다 훨씬 앞서가고 있다는 생각에 내가 흔들릴 때, 나는 청년기를 장년기처럼 살기도 했고, 장년기를 청년기처럼 살기도 했다. 이를 세상이 나를 가만두지 않기 때문이었다고 변명을 한다면, 여전히 나는 소아처럼 미숙하거나 비뚤어지게 조숙하다는 반증일 거야. 언제까지 세상에다가 그런 핑계를 대면서 살아야 할까. 그렇게 살아오면서 나는 부지불식간에 생각이 옹졸한 사람, 고집이 센 사람, 사고에 균형을 갖추지 못한 사람, 배려심이 없는 사람, 이기적인 사람으로 되어버리지 않았을까 하고 생각해본다.

우리는 각자 각 성장의 시기마다 얼마나 그에 어울리는 충실한 생각과 행동을 하며 지내왔는지 궁금하면서도 한편으로는 의심스럽다. 완벽함이란 없겠지만, 그에 가까이 가려고 노력은 했는지, 나를 돌아보면 여전히 아쉬움만 한 움큼 남는다. 그 시기에 걸맞게 생각하고 행동하지 못했더라도 인생 전체를 놓고 보면 큰 문제는 없어 보이지만, 그런 사람과 그렇지 못한 사람의 삶의 정서는 분명 많은 차이가 있지 않을까.

단아야, 지금 여기가 내 인생의 어디쯤일까. 나는 지금 어디쯤 와 있는 것일까. 거기에 맞는 생각과 행동은 무엇일까. 나는 지금 어디에 있으며, 어디로 가야 하는 것일까. 우리는 아직 더 가야 한다. 들판을 지나 강도 건너야 하며, 산길을 타야 할지도 모른다. 가다 보면, 우리가 직접 돌멩이를 놓아야 하는 개울이 나타날 수도 있다. 어쩌면 힘들여 온 길을 되돌아가야 할지도 모른다. 나의 길을 잘 가기 위하여 지금 내가 해야 할 일은 무엇일까. 나는 지금 어디에 있을까. 요즈음은 밤마다 이런 생각이 나를 찾아오는구나.

있으면서 없는 듯이, 없으면서 있는 듯이

나이가 들면, 사람들은 열 가지 행동에 주의하라고 한다. 그것들을 생각나는 대로 몇 가지 적어보면, 아무 곳에서나 떠들지 말고, 특히 공공장소에서는 큰 소리로 말하지 말고, 옆 사람 가까이에서 기침을 하지 말고, 입을 크게 벌리고 소리 내어 하품하지 말고, 목욕을 자주 하여 청결을 유지하라는 것 등이다.

이런 것들은 굳이 나이 들어서 주의해야 하는 것만은 아니지만, 나이 들면 특히 유의하라는 그 말속에는 나이가 많은 시니어라고 자기 마음대로 행동하면 안 된다는 뜻이 있다. 사람은 대부분 나이가 들면 오래 살았다고 스스로 자만하고 방심하기 쉬운데, 그럴수록 자기관리를 잘하고, 공중도덕과 예의를 지켜야 한다는 말이기도 하다.

그 외에 흥미로운 것 하나가 있는데, 바로 돈에 대한 자세다. 돈이 없어도 없는 척을 하지 말며, 돈이 있어도 있는 척을 하지 말라는 것이다. 자기의 내부 형편을 너무 쉽게 나타내지 말라는 이 말은 반드시 돈에 대한 것만은 아니겠지만, 아무튼 자신을 너무 드러내지도 말고, 너무 감추지도 말아라, 비굴하지도 말고, 잘난 척하지도 말아라, 너무 나대지도 말고, 너무 처지지도 말아라. 나이 들어서는 그래야 한다는 이 말, 곱씹을수록 마음 한쪽이 묵직해지면서 고개가 끄덕여진다.

우리나라의 경우, 예로부터 나이 든 사람들은 유난히 체면과 체통을 중시 여겼다. 또 나이 든 사람들은 고집도 세고, 자존심도 세고, 자기 의견에 대해서는 누구에게도 지지 않으려고 하는 습성이 있다. 우기는 것은 둘째가라 하면 서러울 정도로 고집불통이다. 의견충돌이 생기면 자기주장이 옳다는 생각에 금세 큰소리가 나온다. 나는 너희들보다 먼저 태어나 이렇게 살면서 더 많이 보고 느끼고 경험했다는 생각에 강하게 집착하기 때문이다.

다들 그렇다는 것은 아니지만, 이는 잘 새겨들을 만한 지적이 아닌가 한다. 그래서 나이 들수록 그런 척, 또는 안 그런 척하고 살라는 이 말의 의미에 나는 항상 유의하고 있지만, 그러고 있으려니 슬금슬금 부아도 나고, 입도 간지럽다. 그러면 안 되는데 말이다. 나보다 더 현명하고 사려 깊고, 색다른 경험이 풍부한 젊은 사람들이 얼마나 많겠니? 그런 생각에 입을 다물지만, 자꾸 끼어들어 몇 마디 하고 싶어진다. 때로는 야단도 치고 싶어진다. 내 생각이 맞고, 너희들 생각이 틀렸다고 말이야. 기어이 시대에 뒤떨어진 노인네, 고집불통 노인네라는 말을 듣고 말 텐데 말이지.

단아야, 있어도 없는 척, 없어도 있는 척, 알아도 모르는 척, 몰라도 아는 척하며 산다는 것은 말처럼 그렇게 쉬운 일은 아닐 거야. 그래서 이 말은 나이가 들면서 자기의 생각이 점점 옹고집으로 딱딱하게 변해가는 사람들에게 강조되는 것이 아닐까.

현대인의 생활은 뭐가 그렇게 복잡한지 날이 갈수록 머리가 아프다. 두통, 편두통, 가슴 통증, 현기증, 우울증, 불면증 등으로 신경 정신과를 찾는 사람들이 점점 많아지고 있다. 약을 먹어도 그때뿐, 별효과가 없다. 이는 눈에 보이는 스트레스와 보이지 않는 그것들이 복합적으로 만들어낸 결과라고 한다.

살다 보면, 곰곰이 따져볼 것도 많고, 견주어볼 것도 많고, 재어볼 것도 많다. 삶이라는 것은 그렇게 어렵고 복잡하다. 단순하게 끝나는 일은 거의 없고, 많은 일이 여러 사람과의 이해타산에 얽히어 골치가 아프다. 기분 좋게 끝나는 일보다 어렵게 겨우겨우 끝나는 일이 대부분이다.

그러다 보면, 일에 대한 성취감은 더욱 높아지고, 보람도 있을 것 같지만, 사실 몸과 마음은 정반대다. 위태위태하게 줄타기하는 적이

한두 번이 아니었으며, 여지없이 땅바닥으로 추락할 뻔한 적도 수십 번이었다. 이 같은 스트레스가 극에 달하면, 언제 폭발할지 모르는 폭탄 두어 개씩은 가슴에 품고 사는 모습이 되고 마는 것이다. 단아야, 너도 지금까지 그런 경험이 적지는 않았겠지.

그래도 젊은 날에는 그런대로 살만했다. 밤을 꼬박 새워가며 생각하고, 사람들 앞에서 열변을 토하고, 몸과 마음이 아프지만 서로 부딪쳐가며 치열하게 사는 모습이 보기에 참 좋았다. 그때에는 그렇게 해야 건강하고 아름다운 것이다.

그런데 이제는 나이가 들었다. 앞으로는 어떻게 하며 살아가야 할까. 열심히 살아온 자신을 격려하고, 타인을 잘 보듬고 안아주는 생활의 자세가 필요하지 않을까. 그러기 위해서는 공감과 화합과 양보와 배려의 마음가짐이 중요하다. 독선과 고집은 미련 없이 버려야 한다. 이리저리 파헤쳐 놓은 것이 있다면 이제는 잘 덮어야 할 것이며, 깨어졌다면 새것으로 가져다 놓아야 할 것이다. 그렇게 내 주변을 돌아보며 그런 일을 묵묵히 해나가는 마음이 이 사회에 필요하다.

그렇게 하기 위한 기본적 태도로 있어도 없는 척, 없어도 있는 척하는, '척'(그럴듯하게 거짓으로 꾸민 태도라는 뜻을 부정적 의미보다는 긍정적 의미로 해석하기)의 마음이 필요하다는 것이 아닐까. 겸손하게 나를 내려놓고 경박하게 나대지 말라는 것이 아닐까.

내 마음에서 욕심과 고집을 내려놓을 때, 나이가 들었다 해도 그들은 젊은 사람들과 한 공간에서 서로 공감할 수 있는 즐거움을 공유할 수 있으며, 그래야 외로움도 벗어날 수가 있다. 나이 들어서 외로움이란 스스로 초래하는 것이다. 내 마음을 먼저 주변 사람에게 열어 놓는다면 그 같은 외로움도, 쓸쓸함도 서서히 사라지게 된다. 그러는 사이, 주변 사람들이 느낄지도 모르는 나에 대한 장벽은 하나둘 무너지고, 그들은 나에게 자연스럽게 들어올 수가 있다. 상대방보다 낮아지는 것도 바람직하다. 물은 언제나 높은 곳에서 낮은 곳으로 흐르니까.

　　단아야, 사람 사는 일에 자존심이란 참으로 중요하다는 걸 너도 당연히 알 거야. 물론 '자존감'이라는 단어도 있지. 둘 다 비슷한 단어로서 긍정적이라는 데에 공통점이 있지만, 자존심은 경쟁 속에서의 긍정이고, 자존감은 있는 그대로의 자기 모습에 대한 긍정을 의미한다고 한다. 자존감이 더욱 가치 있다는 뜻이 숨어 있는 것이 아닐까.

　　이러한 자존감은 우리를 자신감 있게 살아가게 하는 힘이 될 것이라는 데에 의심의 여지가 없지만, 그것 역시 나이가 들면서 더 여유롭고 인자하며, 넉넉한 포용의 모습으로 타인을 대하고, 스스로 격려하는 내부적인 힘으로 승화될 때, 멋지고 아름다운 자존감의 발현이 되는 것이 아닌가 한다.

　　단아야, 삶은 여전히 고되고 힘들다. 그래도 우리는 잘살고 있다.

고되고 힘든 것은 앞으로도 그럴 것이다. 그래도 우리는 잘살아갈 것 같다. 왜 그럴까. 왜 그런 생각이 드는 걸까. 그것은 이 자존감이라는 긍정적 힘과 의식이 우리를 격려해주고 지켜준다고 믿기 때문에 그런 건 아닐까. 이 자존감은 삶의 행복과 불행, 고민과 걱정, 기쁨과 슬픔 등 우리들의 모든 생각과 행동 속에 녹아 들어가 있으며, 사람들과의 관계에도 수시로 작용하여 나를 그대로 보여주고 있다.

중요한 것은 그들에게 나를 잘 꾸며서 보여주는 것이 아니라, 있는 그대로 보여주는 것인데, 그것이 멋지고 아름다운 모습이었으면 하는 것이다. 우리들의 바람직한 모습은 나이 들기 전에 그것을 잘 깨닫고, 나이 들어서는 그런 넉넉한 마음이 자연스럽게 나타나야 하는 것이 아닐까 한다. 나도 이제 '척' 좀 하면서 살아야겠다.

●

생각과
행동이
서로 눈을
부라릴 때

단아야, 사람은 왜 생각하는 것을 다 행동으로 옮기지 못하는 걸까? 그 생각이 뜬구름을 잡는 것이 아니고, 실천 가능한 것인데도 말이야. 자기 생각처럼 자신의 행동이 따라오지 못하는 이유는 뭘까?

인간의 역사를 돌아보면, 가끔은 허무맹랑하고 기상천외한 생각들이 행동으로 옮겨지는 경우도 자주 있었다. 달나라에 갔던 사실도 그렇고, 손에 들고 다니는 스마트 폰의 발명도 그런 것이 아니었을까. 그렇지만 대부분은 실천이 생각을 미처 좇아가지 못했다. 생각은 항상 저만치에 앞서가는 첨병 같았지.

인간의 상상이란 무한의 바다를 헤엄치는 것처럼 한도 끝이 없다. 그것은 현실 불가능을 넘어서서 엉뚱한 곳에 가 꽂혀있기도 한다. 그래서 거시적으로 보면, 인간 문명의 발전이 시현되고 인간 삶의 질이 한층 업그레이드된다. 때로는 비도덕적이고 부도덕하여 비인간적인 역사의 비극을 만들어내기도 한다. 사악한 상상과 생각이 그렇게 나타나기도 하는 것이다. 아무튼 인간의 생각이 모두 행동으로 옮겨지지는 않는다. 현실이라는 망으로, 또는 양심이라는 망으로 걸러지기도 하고, 도덕과 이상이라는 도구로 필터링 되기도 한다.

북극이나 남극을 열대지방으로 만들 수는 없을까. 적도에 있는 아프리카 어느 나라에 눈이 내리게 할 수는 없을까. 매일 세 번씩 밥 먹는 일이 귀찮으니, 눈으로 음식 사진을 보기만 하면 배가 부르는 그런 일이 생기게 할 수는 없을까. 내가 좋아하는 그에게, 내가 원하기만 하면 언제든지 내가 나타날 수 있는 그런 꿈을 꾸게 할 수는 없을까…….

과연 이런 것들이 미래의 인간 힘으로 할 수 있는 것일까. DNA 조작이라는 말은 정말 정이 떨어지는 단어지만, 인간은 이런 식으로, 아니면 다른 식으로도 언젠가는 해낼 것 같다.

그런데 너도, 나도, 그도 그 대상이 될 수 있다는 생각에 으스스해진다. 어디까지가 인간의 삶에 대한 진정한 혜택일까. 그것도 잘 알 수는 없지만, 사람들의 생각을 누군가는 기어이 실천에 옮기고 만다. 무에서 유를 창조하고, 불가능을 가능으로 만들었던 인간은 계속 무한을 향하여 꿈을 꾸니까.

인간의 생각이란 그렇게 끝이 없으며, 두렵고 무섭기까지 하다. 못할 것이 없다는 생각에 인간은 자주 교만해지고, 상상하기조차 힘든 일을 벌이기도 한다. 그것이 끔찍한 행동으로 옮겨질 때, 우리는 그

잔인함에 몸서리치게 된다. 실제로 우리 주변에는 그런 일들이 수시로 일어나고 있다.

상상을 초월하는 방법의 살인, 강도 등 잔혹하고 끔찍한 행위에서부터 강간, 성폭행, 폭력, 나아가 자살에 이르기까지 인간의 악한 행위는 항상 우리의 상식적 수준을 넘어서 더 잔인한 곳에 가 있다. 앞으로 이러한 집착적이고 강박적이고 탐닉하는 행동은 치료 불가의 수준을 넘어서 악의 중독의 나락 속으로 치달을 것이고, 우리는 인간이기를 포기한 그러한 행위에 더욱 경악하고 말 것이지만, 그것의 밑바탕에는 잔인함이라는 것에 대한 인간 생각의 무한함이 깔려 있다는 사실에 우리는 또 한없이 두려워진다.

물론 그 반대의 일도 있다. 상상을 초월한 발명품을 통하여 우리 생활에 즐거움을 주거나, 보통사람들의 기대와 상식을 넘어선 선의와 미덕의 실천, 아무나 감히 해낼 수 없는 자기희생과 헌신을 통한 사회에의 기여 등, 인간의 생각에서 시작된 삶의 아름답고 향기로운 모습도 우리 주변에 얼마든지 있다. 상상하기 힘든 도전정신도 마찬가지다. 과거에 있었던 신천지 대륙 발견도, 히말라야 에베레스트 정복도 그러한 일 중 하나일 것이다. 이를 해낸 사람들은 분명 우리의 상식적인 생각을 뛰어넘는 그들만의 생각과 실천으로 이런 놀라운 일을 창조해낸 것이다.

단아야, 우리는 미래에 대한 꿈을 가지고 살아간다. 누구의 생각으로, 무엇이 어떻게 될 것인지 알 수는 없다. 그래서 우리의 미래란 설레면서도 불안하기도 하지만, 우리는 모두 희망을 안고 살아간다. 우리들의 생각 모두를 행동으로 옮기지는 못하지만, 우리는 이것들을 마음속에 품고, 이런저런 고민을 하며 그 실행방법을 찾는다. 그러다가 어느 생각은 포기하게 되고, 어느 생각은 드디어 실행에 옮기게 된다. 당연한 이야기지만, 나는 그것이 좋은 생각, 좋은 실행이었으면 한다. 나쁜 생각이었다고 하더라도 순화과정을 거쳐서 좋은 결과로 나타났으면 좋겠다.

한 사람의 마음속에는 항상 선한 생각과 악한 생각이 공존한다. 그에 따라 행동도 선량하게, 또는 불량하게 나타난다. 선량한 생각을 하는 사람도 동시에 불량한 생각을 하기도 한다는 것. 다만 그것을 자신의 이성과 도덕과 양심의 망으로 걸러내어 행동으로 옮기지 않는 것이 중요하다. 반드시 그래야 하는데, 어느 순간, 내 주변 환경이 급변하여 내가 힘들어질 때, 남에게 고통과 피해를 주더라도 나를 스스로 보호하고 이익을 지켜야 할 때, 나는 어떤 생각을 할 것인가. 어떻게 행동할 것인가.

저 사람이 너무 미워 정말 죽이고 싶다, 저 물건이 너무 갖고 싶어 훔치고 싶다, 저 사람이 너무 좋아서, 너무 싫어서 어떻게 하고 싶다……, 살다 보면 사람은 누구나 이런 생각을 하게 된다.

그러나 생각을 다 행동으로 옮길 수는 없다. 또 자신에게는 큰 문제가 아니지만, 타인에게는 매우 중요하고 심각한 일들이 종종 생긴다. 그 반대일 수도 있는 그런 일들이 우리 주변에는 너무나 많다. 그 때 우리는 어떻게 생각하고 행동했나. 앞으로는 어떤 생각을 가질 것이며, 어떻게 행동할 것인가. 아주 소소한 예로, 밤늦은 재래시장에서 5만 원권을 5천 원권으로 잘못 보고 거스름돈을 내어준 할머니에게, 희미한 실내등 아래에서 그런 식으로 거스름돈을 잘못 내어준 택시 운전사에게 우리는 다시 그 5만 원을 돌려드릴 수 있을까. 생각은 그런데, 행동이 되지 않는 것은 아닐까. 생각은 그런데, 빨리 그 장소를 떠나고 싶은 것은 아닐까.

생각과 행동은 서로 등을 두드리며 격려하고 위로하고, 교감하고 공감해야겠지만, 항상 서로를 마주 보며 서로에게 눈을 부릅뜨고 눈을 부라리기도 해야 한다. 더 자주 서로를 마주 보면서 으르렁대기도 해야 한다. 그 생각과 행동이 옳을 것인지, 그를 것인지를 잘 따져보고 판단하기 위해서 말이야. 과거에는 그랬더라도 앞으로 또다시 그런 잘못을 하면 안 될 테니까.

단아야, 오늘 밤 나는 창가에 앉아 하늘을 본다. 별이 잘 보이지 않는다. 별은 항상 그 자리에 있는데, 나는 왜 그 별을 보지 못하는 것일까. 내 눈은 왜 그 별을 보지 못하고 있는 걸까. 나쁜 생각이 내 눈에 오물처럼 끼어서인가. 좋은 생각도 다 행동에 옮기지 못하고 끝나고 마는 세상인데, 하는 마음으로 다시 하늘을 본다. 곧 노란 별들이 보일 것이다.

●
잘못된
행동은
왜 자꾸
반복될까

지금까지 살아오면서 내가 했던 수많은 행동 중에 잘한 것과 잘못한 것의 비중이 어떻게 될까. 나는 항상 그것이 궁금했다. 반반 정도는 될까. 아니면 반 이상은 잘했던 것일까, 못했던 것일까. 분명히 나타나 있는 나의 엄연한 과거, 엄숙한 사실……

그 당시 잘못했던 그 일을 지금에 와서 내가 다시 해본다면 과연 올바르게 할 것인가. 사실 그것도 장담할 수는 없지만, 당시 내가 했던 행동의 잘잘못에 관한 판단은 내가 아니라, 내 곁에 있는 사람이 판단하는 게 가장 타당할 것이다. 그런데도 나 스스로 돌이켜보기에 당시의 나의 행동이 잘못되었다고 느낀다면 그것은 분명히 잘못된 게 틀림이 없다.

단아야, 사람이 산다는 일이 나 혼자만 살아가는 것이 아니고, 다른 사람들과의 복잡한 관계와 이런저런 이해타산을 통하여 이루어지는 것이니만큼 문제가 있었다면 꼭 나로 인한 것만은 아니라는 것에 너도 동의할 거라고 생각한다. 이 이야기는 당시의 내 잘못이 꼭 나 때문만은 아니라는 말인데, 그렇다 해도 나 스스로 돌아볼 때, 이 일은 내가 잘한 것인지, 아닌지에 대한 판단은 명확하게 서게 된다.

그런데 우리들의 문제는 자신의 잘못된 과거 행동을 알고, 스스로 후회와 반성의 시간을 가졌음에도 또 가까운 미래에 그것과 유사한, 때로는 아주 똑같은 행동을 한다는 것이다. 자기 자신에 대하여 생각이 깊고, 타인에 대하여 사려가 깊은 사람도 종종 이렇게 되고 만다는데 나 같은 범인은 어떨까. 그렇고 그렇지 않을까 하고 자위도 해보지만, 그것은 자기애에 미련을 갖는 알량한 일에 불과하겠지.

현실적으로 우리는 잘못된 과거의 행동을 가까운 미래에 거의 똑같이 저지르고 만다. 아, 내가 또 그랬구나, 하면서 우리는 스스로 놀라게 되고, 나만이 알고 있는 그 놀라움에 부끄러워진다. 그것이 큰 잘못이었을 때에는 깊은 자괴감에 빠져서 의욕을 상실하기도 한다. 그런데 살면서 알게 되는 더욱 놀라운 사실은 잘한 것보다도 잘못한 것이 훨씬 많다는 판단이며, 그 잘못한 일은 왜 그렇게 뚜렷하게 떠오르는지 하는 것이다.

단아야, 이쯤에서 두 가지 사실을 생각해보고 싶다. 인간은 왜 잘한 일보다도 잘못한 일이 머릿속에 더 길게 남아있으며, 더 자주 생각나는 것인지 하는 것과 그러면서 인간은 왜 그러한 실수를 또다시 반복하는지 하는 것이다. 주차위반이나 과속 등 교통법규를 어기는 아주 사소한 것에서부터 일을 그르치거나 타인을 힘들게 하는 잘못된 행동의 반복 등 우리는 동일한 오류와 부적절한 행동을 되풀이하며 산다. 이것은 분명 착오는 아니다. 고의적이라고 하기에는 자존심이 상하고 창피스럽다. 그렇다고 살아가다 보니 그렇게 될 수밖에 없다고 치부하기에는 우리 인간의 의지가 너무 가냘프고 비참해 보인다.

어느 심리학자의 말에 따르면, 인간의 뇌는 기쁜 일보다는 슬픈 일을 더 오랫동안 간직한다고 한다. 우리의 의지와는 관계없이 좋은 기억보다는 나쁜 기억을 찾아내려고 애쓰는 것이 인간의 뇌라는 뜻이기도 하다. 인간의 뇌를 연구하는 그 학자의 말에 나는 전적으로 동의한다. 우리는 인생을 즐겁고 기쁘게 살아야 한다. 그러기 위해서는 잘못된 일은 그 반복을 피해야 하고, 좋은 일을 많이 해야 할 것이며, 그것을 의도적으로 기억하며 살도록 노력해야 한다.

그러나 문제는 그러한 우리의 의도와는 다르게 행동이 반복된다는 점이다. 우리의 의지가 약해서 그렇든, 우리가 속한 환경이 우리를 그렇게 만들어서 그렇든 인간은 과거의 잘못된 자신의 행동을 반복하는 실수를 또 저지르고 만다. 그것을 뻔히 알면서도 그러고 마는 것에 우리는 스스로 실망하고 자괴감에 빠지게 되는 것이다. 인간의 본성에는 선과 악이 공존하는데, 항상 악의 힘이 강하고 선의 힘이 약해서 그러는 것일까. 그런 건 아닌 것 같다. 과거에 저지른 자신의 잘못을 반복하지 않는 사람이 이 세상에 또 얼마나 많은가.

사람은 사회생활을 하면서 자신이나 가족의 이익과 편의를 우선으로 생각하지 않을 수가 없다. 자유민주주의 사회에서의 이러한 현상은 한층 심화될 수밖에 없을 것이지만, 아무리 그래도 공산주의나 사회주의보다는 민주주의 사회가 사람을 사람답게 살게 하는 사회다. 동시에 우리는 잘못된 행동을 유발하는 개인주의나 이기주의의 폐해를 어떻게 하면 최소화할 것인가에 대하여 고민해야 한다. 이것은 우리 모두의 사회적 의무요, 책임인 것이다.

타인에 관한 관심과 배려, 그리고 이해심과 양보심을 키우면 잘못된 나의 행동은 많이 줄어들 것이며, 그것을 알고 개선하려는 노력과 실천 의지가 분명하면 잘못됨의 반복 역시 많이 줄어들 것이라고 나는 확신한다. 우선은 자신의 잘못된 과거 행동이 무엇이었는지를 명확히 알 필요가 있다. 지금의 내 행동이 과거의 잘못된 것과 같음을 알았을 때, 그것을 반복하지 않으려는 생각이 드는 것은 당연한 일이다. 그래서 고쳐가야 한다. 너무나 당연한 얘기겠지만, 생활의 문제점에 대한 답은 항상 그 평범함 속에 있다.

단아야, 심리학자이며 정신과 의사인 모건 스캇 펙 박사는 인간의 삶이라는 것은 고해를 헤엄쳐 다니는 것과 같다고 했다. 그 고해 속에서 우리는 잘못을 하고, 뉘우치고 반성하고, 그리고 유사한 것이든 아니든 또다시 잘못을 한다. 모두가 다 그렇다. 편하고 쉬운 것이라곤 결코 없는 너와 나의 삶. 그렇지만 우리가 모두 자신을 아끼듯이 남을 아껴주고, 복잡하고 어려운 상황 속에서도 좋은 판단과 바른 행동을 하기 위하여 노력한다면 고해 속에서도 우리는 희망과 용기를 가질 수 있지 않을까. 각자가 이렇게 자기 자신을 잘 관리해나간다면 얼마나 좋을까. 고통의 바다를 바로 즐거움의 바다로 만들 수는 없겠지만, 그래도 헤엄칠만한 바다로 만들어갈 수는 있지 않을까. 아무리 인간의 뇌가 아프고 슬픈 기억을 떠올리려고 애를 쓰고, 우리가 음지의 고해를 헤엄쳐 다녀도 우리의 생각과 행동이 양지를 지향하고 있다면 그래도 우리의 인생은 살만한 것이 아닐까.

내가 나를 뒤돌아볼 때, 내가 했던 모든 행동 중에서 잘한 것의 비중이 적어도 칠 할은 되어야 하는데, 그렇지 못하다는 생각에 마음 한구석이 쓸쓸하지만, 그래도 앞으로 잘못된 과거 행동의 반복만이라도 자꾸 줄여간다면, 언젠가는 칠 할은 넘을 것이라는 생각에 마음이 가벼워진다.

동화책 못 읽어준 부모

요즈음 부모들이 자신의 아이 교육에 온갖 정성을 들이는 것을 보면, 예전 부모에 속하는 나로서는 격세지감을 넘어 우리 아이에게 미안한 마음이 든다. 그들은 아이의 유아기 때부터 세심하게 아이를 돌보고, 필요한 교육방법을 찾아서 많은 노력을 기울인다. 특히 아이는 태어나서부터 세 살까지 정서의 기본바탕이 다 만들어진다고 하니, 그만큼 그때가 아이의 일생에 있어서 매우 중요한 시기의 하나라는 것, 나는 그 소중한 사실을 알지 못했으며, 알았다 해도 과연 요즈음 부모처럼 그 시기에 아이를 품에 안고 돌보았을까. 장담할 수 없는 가정이다.

단아야, 우리 부모, 우리, 그리고 너희들까지(너희들이 이미 결혼을 하여 아이를 키우고 있다고 가정을 해서) 3대를 비교해보면 어느 세대가 아이 교육에 있어서 문제점을 가장 많이 안고 있었을까. 당시의 사회적 여건을 바탕으로 이를 객관적이고 냉정하게 비교해본다면 어떻게 말할 수 있을까. 잘 살펴보면, 바로 우리 세대가 아닐까 하는 생각이 든다.

6.25 전쟁 전후의 우리 부모들은 그야말로 먹고사는 일에 온 정신을 쏟지 않으면 안 되는 시대의 사람들이었다. 생활의 여유는 물론, 마음의 여유조차 없었고, 자녀교육에 대하여 요즈음 부모 같은 생각은 도저히 할 수가 없었다. 그저 아이들이 병에 걸리지 않고, 잘 자라기만 하면 그것으로 고맙고 감사하며 살았던 세대였다. 이에 비해 먹고살 만한 우리 세대는 무엇이 문제였을까.

자녀교육은 여자인 아내의 일이라고 치부했고, 어설픈 교육관으로 아이는 강하고 엄하게 키워야 한다고 생각했다. 그것을 가장 중요하게 여겼다. 이런 것들은 모두 자녀교육에 대한 무지에서 오는 것이었고, 거기에 무관심과 나태함까지 배어 있었으니 자녀교육에 대한 아버지의 생각과 행동은 문제점투성이였다. 돌이켜보면 내가 그랬고, 당시의 아버지들 대부분이 그랬다.

그랬던 나는 과거에 한동안 나의 부모를 원망했다. 내 정서가 이렇게 메말라 있고, 생각의 폭이 이렇게 좁고, 사회성이 뒤떨어져 있는 원인을 나를 무성의하고 무관심하게 키워온 부모 탓으로 돌렸다. 세 살까지의 정서가 평생을 간다는데, 우리 부모는 그런 사실들을 알고나 있었을까. 무지하고 무식해서 몰랐을 거야. 그런데 먹고살 만하고 어느 정도 배웠다는 나의 시대에 나는 어떠했나. 나는 내 아이의 정서교육에 부족함이 없었나. 내 자식을 그렇게 잘 키웠던가. 솔직히 나는 나의 부모에게 미안하고, 내 아이에게 부끄럽다.

'나 어렸을 적에 엄마가 동화책을 안 읽어주어서 지금 내가 이렇게 정서가 메마르고 감성도 없어…….'

이런 투정을 지금 우리 부모에게 한다면 그들은 뭐라고 대답할까. 나이가 잔뜩 든 자식으로부터 이런 얘기를 듣는 어머니는 기분이 어떨까. 그래, 내 잘못이다, 내가 잘못했구나, 하고 대부분 어머니는 자식 앞에서 조용히 고개를 숙일 것이다. 그것이 부모라는 생각에, 특히 어머니라는 생각에 나는 마음이 씁쓸해진다. 언제까지 부모 탓을 하며 살 것인가. 늙어도 그럴 것인가. 부모의 산소 앞에 가서도 그럴 것인가.

동화책이 없던 시절, 아니, 동화책 한 권 살 돈이 없던 그 시절, 아니 어디서 그것을 한 권 구했더라도 읽어줄 시간 한 점 없었던 그 시절의 어머니를 탓한다면 이 얼마나 바보스러운 일인가. 잘 안다, 나는. 그 어머니는 결코 무식한 어머니가 아니었다는 것, 동화책 내용보다 더 소중한 사랑을 나에게 주었을 것이라는 걸 나는 잘 안다. 그래서 나는 지금의 내 자식한테 동화책도 제대로 읽어주지 못하고, 어머니가 주었던 그 사랑조차 제대로 주지 못했던 것에 미안하고 부끄러운 마음이 드는 것이다.

나의 어머니는 나에게 동화책 한 권 읽어주지 못했지만, 학교에서 돌아오면 항상 "배고프지?" 하고 물어보았으며, 내가 채 대답도 하기 전에 벌써 달콤한 멸치 조림과 짭짤한 콩자반, 그리고 좁쌀밥 한 사발과 물 한 그릇이 놓인 밥상을 툇마루 위에 차려주었다. 나는 밥을 풍덩 물에 말았으며, 좁쌀이 동동 뜬 물밥을 맛있게 먹었다. 나의 어머니는 밤늦도록 식구들의 구멍 난 양말들을 꿰매주었으며, 형 바지를 줄여서 내 바지를 만들어주기도 했다. 추석 즈음에는 항상 동네 시장에 우리를 데리고 가서 새 옷을 하나씩 사주었다. 나는 그렇게 자랐다. 어머니의 목소리로 '백설공주와 일곱 난쟁이' 이야기를 들은 적은 없지만, "성냥 사세요, 성냥 사세요" 하는 성냥팔이 소녀의 애절한 목소리를 어머니에게서 들은 적은 없지만, 나는 그렇게 자라서 이렇게 나이를 먹었다.

잘못된 것은 아무것도 없다. 잘되었다고 말하고 싶지만, 그것도 조심스럽다. 나의 어느 한 부분은 부족할 것이고, 어느 한 부분은 넘칠 것이다. 그러나 이제는 그 시절에 엄마가 동화책을 읽어주지 않아서 내가 이렇게 정서가 메마르고, 감수성이 떨어지고, 상상력이 빈곤하다고 하고 싶지는 않다. 분명히 나는 이런저런 면에서 여전히 많이 미흡하고 부족하지만, 어머니에게 조용히 감사하고 있다.

요즈음 젊은 부모는 어린아이가 몸을 뒤틀고 지루해하거나 징징거리면 바로 스마트 폰을 켜서 보여준다. 아이는 스마트 폰 속의 동영상을 보며 즐거워한다. 시대가 많이 바뀌었다. 앞으로 또 어떻게 바뀌어 갈지 잘 알 수는 없으나, 유아기 때부터 아이들의 정서교육이 중요하다는 사실은 바뀌지 않을 것 같다. 유아기가 아니라, 태교의 중요성을 따지는 시대니까 아이의 교육은 그만큼 중요하다. 그 중요성은 나날이 강조되어갈 것임은 분명한 사실이다.

단아야, 나는 너에게 이렇게 말하고 싶다. 〈뽀로로〉도 좋고, 〈크롱〉도 좋고, 〈둘리〉도 좋지만, 「소공녀」도, 「소공자」도 좋다는 것을. 아이들에게 꼭 한번은 엄마의 목소리로 들려줄 이야기라는 것을. 안데르센 동화책도 좋고, 이솝 우화도 좋다는 것을 너에게 말하고 싶다. 눈이 내리는 밤에 너의 무릎을 베고 누운 아이에게 동화책을 읽어주는 네 모습이 눈물겨울 것 같다.

　　　　　　　　　　　시 니 어 가 　주 니 어 에 게

그가
서 있는 바닥이
나의
지붕이어도

내가 아파트에 산 지도 꽤 오래되었다. 단독으로 지어진 주택이라는 곳에 살아본 적이 언제 있기는 했나 할 정도로 이제 그에 대한 기억도 가물가물하다. 예전에는 아파트보다 주택이 훨씬 많았다. 크고 작은 집들이 옹기종기 모여 앉은 동네마다 골목마다 꼬마들이 몰려나와 뛰어놀았던 기억이 아직도 선명하다. 당시 대부분 집은 고만고만했지만, 그래도 손바닥만 하게 앞마당이나 뒷마당이 있었고, 장독대도 있었으며, 연탄을 쌓아놓은 작고 허름한 창고(그때는 '광'이라고 불렀다)도 있었다. 그런 것들이 모여서 마치 연속극의 한 세트처럼 집 하나를 이루고 있었지.

단아야, 어렸을 적에 나는 아주 조그만 마당을 가진 낡은 집에 오랫동안 살았다. 커서 결혼을 하게 되었을 때, 4층짜리 다주택 집들이 모여 있는 곳으로 이사를 했고, 지금은 12층짜리 아파트에 살고 있다. 요즈음 우리 주변에는 50층이 넘는 고층아파트들도 많이 생겨났다. 비 오는 날, 대나무 죽순이 자라듯 하늘을 향하여 쑥쑥 올라오고 있는 아파트들. 무너지면 어쩌나 하는 걱정이 아니라, 꼭대기 층은 어지러워서 어떻게 살 수 있을까 하는 두려움이 절로 생기는 초고층 아파트들이 곳곳에 들어서 있다.

단독주택들이 없어지면서 마당이 딸린 집들 역시 조용히 사라지고 있는 요즈음 도시의 모습은 수직으로 높게 선 시멘트 건물들만이 몰려 있어 좀처럼 정이 가지 않는다. 겨울에는 횅하니 을씨년스럽기만 하다. 그러나 이제는 그렇게 느낄 일도 아니다. 서울 어느 지역은 그 동 전체가 아파트로만 구성되어 있다고도 하더라.

아파트라는 것이 현대인의 주거시설로는 최적의 형태라고 하지만, 땅이 좁은 도시에서나 그런 것이지 사실 사람 사는 맛은 별로 없다는 생각이 자주 든다. 문 하나만 잠그면 모든 생활의 공간이 외부와 철저히 단절된다. 그 안에서 굿을 하는지, 떡을 하는지 바로 옆집에서도 알 수가 없다. 조용히만 하면 말이야. 일체의 노출도 안 되어 그만큼 사생활이 보호되고 안전하다지만, 집이 가지고 있는 전통적인 맛과 멋은 찾아보기가 어렵다.

집이란 들고나면서 살짝 열린 문 사이로 안마당도 언뜻 보이고, 키우는 개가 짖는 모습도 보이고, 그 집에 사는 사람들 인기척도 좀 들리고 하는 것인데 아파트는 그런 맛과 멋이 전혀 없다.

물론, 그것이 집의 본래의 모습이라고 단정 짓기는 어렵겠지만, 아무튼 주택과 아파트를 비교하면 이것의 장점이 저것의 단점이 되고, 저것의 단점이 이것의 장점이 된다는 사실은 어쩔 수 없는 것 같다. 아무래도 요즈음은 사생활의 보장과 개인 생활의 안전, 집 관리의 편리함 등이 가장 큰 관심사일 테니, 아파트를 선호하는 사람들이 늘어날 수밖에 없겠지.

그래도 요즈음 아파트 단지에는 시소와 그네가 있는 놀이터가 있고, 벤치가 있는 공원도 있고, 곳곳에 산책로도 있고, 나무들도 많이 있어서 이제 아파트는 괜찮은 주거공간으로 자리 잡고 있다.

아쉬운 것이 있다면 역시 마당이라는 공간이 없다는 사실일 텐데, 아파트에 살기로 마음먹은 이상, 이 정도는 감수해야겠지. 아무튼 아무리 큰 평수의 아파트라고 해도 그 안에 흙을 뜻하는 '마당'이라는 공간은 없다.

그래서 아파트 사람들은 마당에 대한 그리움으로 베란다에 화분을 놓고 물을 주고, 용기에 흙을 퍼 와서는 파도 심고, 상추도 키운다. 그리고 강아지를 기른다. 예전에는 모두 집 마당에 있었던 것들이다.

문을 잠그고 창을 모두 닫으면 아파트는 사방팔방이 완전히 차단된 우리만의 공간이 만들어진다. 그 속에서 우리는 편하고 편안하다. 주변으로부터 철저히 독립되어 있으며, 그 누구로부터 방해를 받지 않는다. 이는 요즈음 사람들의 취향에 맞는 것이며, 사람들이 아파트를 선호하는 이유 중 하나이기도 하다. 독신으로 조용히 살려고 하는 사람에게 가장 적합하다. 아파트는 이렇게 혼자만의 생활을 즐기기에 편하지만, 개인의 생각을 통제하고, 서로가 서로의 공간을 억압한다.

'아파트 살이'에는 '주택 살이' 같은 낭만이 없다. 새벽에 일어나 마당으로 나가 역기를 들었던 형의 모습도 볼 수 없고, 꼬리를 흔들며 제집에서 마구 뛰쳐나오던 강아지의 모습도 볼 수 없게 되었지만, 요즈음 사람들에게 그것은 별 대수로운 일이 아니다. 운동은 스포츠센터에 가서 하면 되고, 강아지는 침대 위에서 같이 자면 되는데, 구태여 '주택 살이'의 불편함을 겪을 필요는 없다. 사생활 보호가 잘 안 되는 것도 문제지만, 특히 겨울이 되면 '주택 살이'는 모름지기 불편하다.

그렇다고 나는 '아파트 살이' 예찬론자는 아니다. 성냥갑같이 차곡차곡 쌓아 올린 주거공간을 볼 때마다 사람 사는 풍경으로는 갑갑함을 넘어 어째 가엾기까지 하다. 좀 심하게 표현하면 아파트는 마치 납골당같이 느껴진다. 그러나 이제는 나와 같은 세대도 다시 '주택 살이'를 하기는 어려울 것 같다. 이미 '아파트 살이'의 편리함이 몸에 배었기 때문이다. 그래도 나는 여전히 '주택 살이'가 그립다.

단아야, 내가 아파트와 주택을 비교하여 그 장단점을 얘기하려는 것이 아니다. 아파트에 살면서 느꼈던 흥미로운 사실 하나를(그렇다고 새로운 사실도 아니지만) 너에게 얘기하고 싶어서 이렇게 장황하게 얘기를 꺼내게 되었구나. 그것은 내가 발을 딛고 서 있는 이 바닥이 바로 다른 집 지붕이라는 극히 평범한 사실이야.

그런데 이것을 곰곰이 생각해보면 참으로 재미있고 흥미롭지. 내 바닥이 아랫집 지붕이라는 것. 그렇게 서로 포개져서 산다는 것. 한두 사람이 아니라 수십 명이 그렇다는 것. 이것은 흥미롭기도 하지만 참으로 묘하고 이상하고, 또 슬픈 사실이 아니겠니?

그러기에 아파트 안에서 아이들은 뛰지 말아야 하며, 강아지는 짖지 말아야 한다. 어른들도 일상생활에 조심해야 한다. 아무리 방음벽이 잘되어 있더라도 말이야. 물도 새지 말아야 한다. 보일러가 터져 아래층으로 누수가 되기라도 하면 큰 낭패를 보게 되니까.

종종 아파트에서는 이런 일로 인해 위아래, 옆집 간에 눈살도 찌푸리고, 다툼도 생기고, 그 싸움이 법정으로까지 가기도 한다. 이것은 매우 중요한 삶의 사실이다. 그 누구로부터 방해를 받고 싶지 않아서 아파트에 와서 사는데, 이렇게 방해를 받는다면 누구나 화가 나겠지.

그러나 아파트는 아무리 조심을 한다 해도 위아래, 옆집의 소음을 완벽히 막아낼 수는 없다. 어떻게 성장하는 아이가 뛰지 않을 수 있으며, 피아노를 치지 않을 수 있으며, 개가 짖지 않을 수 있겠니.

지금도 나는 내가 딛고 선 바닥이 다른 사람의 지붕이라는 사실에 슬그머니 슬퍼진다. 사람 위에 사람이 살고, 사람 밑에 사람이 산다. 이러한 사실은 나에게 우리 삶이란 여유와 낭만과 멋이 없는 무미건조한 것이라는 쓸쓸함을 가져다주기에 충분하다. 꼭 그렇지만은 않겠지만……, 내가 너무 센티멘털해서일까. 그렇게 느껴지는구나.

현대인들은 자기만의 생활을 보호받고 싶어 한다. 그 누구로부터라도 방해받거나 간섭받고 싶지 않다. 때로는 외롭더라도 스스로 고립되기를 원한다. 철저한 자기만의 생활, 기쁘거나 슬프거나 그 개인적 비밀이 보장되고 보안이 유지되는 생활을 선호한다. 그러기에 아파트는 너무 적합한 곳이다. 문 하나만 잠그면 철저한 나만의 공간이 만들어지니까, 나만 조용히 하면 주변이 모두 조용해지니까. 주택에서는 좀처럼 될 수 없는 이런 사실 때문에 사람들은 아파트에서 생활하고 싶은지도 모른다.

단아야, 오늘 나는 내 이야기가 무척이나 조심스럽다. 아파트든 주택이든 그 형식이 중요한 게 아니라, 그 안에 담긴 삶의 내용이 중요한 것일 텐데, 공연한 것에 신경을 쓰고 있는 것은 아닌지 하는 생각이 들기 때문이다. 나는 네가 아파트에서 살든 주택에서 살든 그 안에 담겨진 네 삶이 고립되지 않기를, 옆이나 위아래 집 사람들과 자주 만나 웃으며 얘기하기를, 그래서 여유와 낭만과 멋이 있는 향기로운 삶이 되어가기를 바랄 뿐이다.

너에게만 야박한 나

단아야, 남들은 나를 보고 내성적이라고 한다. 내 성격을 한마디로 표현한 말일 것이다. 내성적이라는 것이 좋다는 것인지, 나쁘다는 것인지, 꼭 그렇게 단정 지을 수는 없겠지만, 조용하고 차분한 반면, 활동적이지 못하고 적극적이지 못한 성격을 뜻하는 말이 아닐까. 말을 좀 더 붙여본다면, 만사에 신중해서 일을 크게 그르치지는 않겠지만, 그렇다고 사회적으로 별로 성공하지도 못하고, 원만한 대인관계를 가지지도 못하는 성격, 대체로 그런 성격일 것 같다. 아무튼 나는 내성적이라는 얘기에 동의는 하지만, 남자인 나로서는 그리 좋은 기분은 아니다.

사람들은 대부분 자신의 성격이 어떠한지 스스로 잘 알고 있다. 타인이라는 거울을 통하여, 사회의 여러 환경에 비친 자신의 모습과 행동을 통하여 자신이 어떤 사람인지 파악도 하고 있지만, 사실 자신의 성격은 이러한 외부의 것들을 통해서보다는 본인 자신이 스스로 제일 잘 알고 있다.

돌이켜보면 나는 주변 사람들 눈치를 살피고, 나를 둘러싼 환경의 변화에 순응하려고 애쓰며 큰 문제를 만들어내지 않으려고 노력하면서 조용히 살아왔다. 그런 나의 삶은 앞으로도 지속할 것이지만, 그러한 내 모습을 돌아보면서 나는 스스로 참 소극적이라는 생각을 자주 하게 된다. 나는 매사에 능동적이고 적극적이지 못했다. 외부적으로 활동하기보다는 내부지향적이었으며, 그것이 종종 소극적이고 수비적인 태도로 나타났음에도 그러한 나 자신에 관하여 나는 항상 관대했으며 너그러웠다. 그 말을 뒤집으면 나는 남에게는 냉정하고 차가웠다는 말이 될 수도 있다.

다 그런 것은 아니겠지만, 일반적으로 내성적인 사람은 자신을 외부로부터 지키고 보호하기 위하여 남을 경계하고 종종 배척한다. 나의 울타리를 든든히 쌓아야 마음이 편하다. 그렇게 생각하고 행동하며 살다 보니, 스스로 자주 위축되고 안으로 쪼그라드는 경향이 있고, 그렇게 나는 점점 내성적인 사람이 되었다. 아니 본래 내성적인 사람이라서 그런 생각과 행동을 하며 살게 되었다고 말하는 것이 더욱 타당할 것 같다. 그래서인가, 나는 외향적이며 활동적이고, 적극적인 성격을 가진 사람들을 좋아한다. 내가 그렇지 못하다 보니 그렇게 되는 것이겠지만, 아무튼 사람은 자고로 활발하고 활달한 성격으로 매사에 적극적으로 생각하고 활동하는 것이 바람직할 것이다.

요즈음 시대는 자기 자신을 바르고 정확하게 드러내는 것이 필요하다. 단순한 자기 PR 시대를 넘어 자신의 능력과 잠재력을 널리 알리고, 타인과의 차별적 존재성을 강력하게 부각하려는 노력이 필요하다. 그만큼 적극적이고 활동적인 사회적 태도가 매우 중요한 시대에 우리는 살고 있다. 이런 사회에서는 아무래도 외향적인 사람이 주변 사람들의 관심과 주목을 받을 것이며, 자기 자신도 스트레스를 덜 받으며 살아갈 것으로 보인다. 자기 자신을 외부 세계에 더 적극적으로 알리고 드러내는 작금의 시대적 현상은 가면 갈수록 심화되고, 서로 간의 경쟁도 치열해질 것으로 보인다. 조용히, 자신을 감추는 듯하면서 은근히 드러내는 것이 미덕이었던 시대는 이미 지나갔다.

사람의 성격이란 참으로 다양하다. 단아야, 너는 어떠냐, 내성적인지 외향적인지. 이렇게 구분 짓는 것도 사실 무리다. 사람들은 자기 내부에 이런 성격들을 두루 다 가지고 있다고 말하는 것이 타당할 것으로 보인다. 이럴 때는 이런 성격이 툭, 저럴 때는 저런 성격이 툭, 하고 나오는 것이고, 그 중간치기도 얼마든지 있기 때문이다. 아무튼 사람들은 자기 성격대로, 자기 성격을 지키고 사랑하며 살아가나 보다.

내성적이고 조용한 성격을 가진 내가 활동적이고 외부지향적인 성격을 가진 사람을 부러워하는 이유는 내 성격의 단점을 보완하고 싶은 생각에서겠지만, 어느 것이 좋은 성격이고 어느 것이 나쁜 성격이고를 생각해볼 여유도 없이 오늘도 나는 내 성격을 가지고 사람들을 만나고 얘기하고, 즐거워하고 못마땅해하다가 시간이 되면 집으로 돌아간다. 항상 느꼈던 것이지만, 그와 나는 참 많이 다르다는 것. 동일한 사안에 대하여 생각하는 것이 이렇게 다를 수 있구나, 하는 것. 그래서 행동도 다르고, 결과도 다르고, 서로에 대한 판단과 평가도 다 다르다는 것에 놀라움보다는 고개를 끄덕이며 수긍을 하게 된다. 그도 나에 대하여 그럴 것이라는 생각과 함께.

매일매일 사람들은 많은 일 속에서 자기 주변 사람들과 부딪치며 살아간다. 각자가 처한 상황 속에서 사람들의 생각과 접근방식과 해결방법은 다 다르다. 거기에는 각자의 이해타산이 가장 현실적으로 깔려 있을 것이며, 오래된 습관도 있을 것이고, 역시 보이지는 않지만 그 사람의 성격이 매우 깊고 넓게 작용하고 있을 것이다.

각자의 성격이 다 다르고, 입장이 다 다르고, 판단기준과 능력이 다 다르고, 기대감이 다 달라서 서로 부딪칠 수밖에 없었지만, 돌이켜보면 나는 나에게 지나치게 관대했으며, 남에게는 지나치게 박정했다. 나에게는 무한한 관용을 베풀었으나, 남에게는 그렇지 못하고 인색했다. 남을 배려하지 못하는 것도 나의 유난히 내성적인 성격 때문일 것이다. 그러한 성격에는 지나친 자기애, 자기 합리화라는 보호 본능이 강박증처럼 자주 들러붙게 된다.

단아야, 그러한 내 마음에는 건강하지 못한 경쟁의식, 그리고 불필요한 열등감과 함께 지나친 이기주의와 잘못된 개인주의에 대한 집착이 웅크리고 있었다. 생명이 있는 모든 것들은 다 자기를 우선으로 보호한다지만, 그렇다고 그것 때문에 남에게 피해나 불편함을 주면 안 되겠지. 타고난 성격 때문에 그럴 수밖에 없었다고 변명한다면 그건 부끄러운 일일 뿐이다.

'내로남로', '내불남불'이 되는 세상이면 좋겠다. 우리 성격을 바꾸면 그렇게 될 수 있다는 얘기는 아니다. 좀처럼 바뀌지 않는 성격을 가지고 평생 고민을 하며 살아가야 하는 우리는 어떻게 해야 할까. 지향해야 할 방향은 알고 있으니, 그곳을 향하여 가겠다는 의식적인 노력이 필요하지 않을까. 타인에 대한 배려도 좋고, 이해도 다 좋은 일이지만, 그에 앞서 나 자신을 볼 줄 아는 냉철한 시선을 가져야 하겠지. 그것이 잘못된 내 생각과 판단과 행동을 바꿀 것이며, 그러한 시각으로 나를 곰곰이 살펴볼 때, 우리는 문득 이런 생각에 머무르게 된다. 왜 나는 유독 너에게만 야박했을까.

단아야, 균형 있는 생각과 판단으로 중심이 잘 잡힌 삶을 사는 것처럼 중요한 것은 없다고 수없이 들어왔고, 나도 수없이 말했지만, 그것은 여전히 어렵다. 그러나 노력한다는 것은 성격이 내성적이든 외향적이든, 조용한 성격이든 활달한 성격이든 그런 것과는 무관하지 않겠니?

나무야,
너는 그렇게
사는구나

단아야, 우리가 나무와 의사소통을 할 수 있다면 얼마나 좋을까. 아주 간단한 방식으로라도 서로의 생각을 전하거나 짤막한 물음과 대답을 할 수 있다면 그 얼마나 멋진 일일까. 나무를 볼 때마다 나는 항상 그런 생각을 한다. 인간과 동물과의 의사소통은 각자의 표현방법으로써 어느 정도 가능하다. 개와 말, 소가 그렇고, 고양이가 그렇고, 돌고래와 물개가 그렇다. 사자나 호랑이도, 그 외에 인간과 가깝게 사는 동물은 대부분 그렇다. 교육과 훈련을 받은 동물들은 더욱 그럴 것이므로, 앞으로 인간과 동물과의 의견 교환의 폭은 더욱 넓어질 것으로 보인다.

식물은 어떨까. 식물도 분명 자기들의 생각이 있을 것인데, 지금으로서는 그것을 알 수가 없다. 누구도 식물과 의사소통을 하지 못했고, 앞으로도 그것은 매우 요원해 보인다. 미래에 과학이 더욱 발달한다면 의사소통까지는 아니더라도 그들의 생각을 추측하거나, 짐작해볼 수는 있지 않을까.

　나무는 우리보다 먼저 생겨나서 우리와 같이 살아왔다. 그들은 우리 바로 옆에서 우리의 모든 것을 묵묵히 지켜보면서 우리의 일거수일투족을 자기 몸 구석구석에 하나도 빠짐없이 기록했다. 그것은 아프게 패인 겹겹의 나이테에, 피와 땀이 서린 견고한 껍질에, 아무도 볼 수 없는 은밀한 심재 안에 각각 보관되어 있다. 그들은 인간이 만들어나가는 역사의 현장을 지켜보면서 분통을 터뜨리며 분노를 하기도 했고, 고통과 기쁨의 눈물을 흘리기도 했을 것이다. 속이 터져도 수백 번은 더 터지고, 아물고, 또 터지고 했을 것이다.

　그들이 말을 할 수 있다면, 얼마나 많은 이야기를 쏟아내고야 말 것인가. 하고 싶은 얘기들이 얼마나 많을 것인가. 그렇다면 우리는 어떻게 될 것인가. 나무들의 증언 속에 엄청난 일들이 우리에게 또다시 일어나고 말 것이며, 그 충격 속에 우리는 견딜 수가 없을 것이다. 역사가 뒤바뀌는 일이 새로운 진실과 함께 쓰나미처럼 몰려올 수도 있기 때문이다.

　그러는 중에는 선이었던 것이 악이 되고, 악이었던 것이 선이 되는 일들로 인해 정의였던 것이 불의가 되고, 또 그 반대가 되는 일들이 일어날 것은 불 보듯 뻔하다. 그래서 신은 나무에게 말을 하지 못하도록 했던 것인가. 인간과 나무와의 의사소통을 허락하지 않은 것인가. 신도 그러한 미래에 올 수 있는 혼돈의 시대가 두려웠던 것인가. 그들이 말을 하지 못하는 것은 우리 인간들에게는 불행한 일이면서 또 행복한 일이다.

나무 앞에서 모든 사람은 겸손해진다. 나무 앞에 서면 아무리 교만한 사람도, 아무리 지위가 높은 사람도, 아무리 돈이 많은 사람도 그렇게 된다. 반드시 그렇게 되어야 한다. 나무 앞에 서면 고개를 숙이고, 잠시 어떤 생각에 젖어야 한다. 그렇게 되지 않으면 그는 인간의 모습을 갖추기를 거부한 사람이라고 나는 감히 말하고 싶다. 아무리 작은 무명의 한 그루 나무 앞이라도 우리는 그 앞에서 겸손해야만 한다. 말 없는 나무가 말 많은 나보다 속이 더 깊기 때문이다.

나무가 우리 인간 생활에 주는 교훈은 무한으로 많다. 일일이 열거할 수가 없다. 나무의 삶을 우리 인간의 삶과 비교하면서 어떻게 살아가는 것이 올바른 것인지를 찾아보는 것은 그렇게 어려운 일이 아니다. 봄 여름 가을 겨울을 맞이하고 보내면서 나무는 잎을 내고, 가지를 뻗으며, 꽃을 피우고, 마침내 꽃과 잎을 떨구어 버린다. 어느 날에는 공을 들여 뻗은 가지조차 스스로 잘라버린다. 내일을 다시 준비하는 것이다.

단아야, 묵묵히 준비하고 적응하며, 순종하고 또 내일을 준비하는 그들의 모습에서 우리가 배워야 할 것은 무엇일까. 그들은 그 모든 것을 자연과 협의하여 진행한다. 겸손한 자세로 내공을 쌓는 데 공을 들이고, 모든 아픔과 어려움을 이겨낸다. 그들은 올라갔다가 내려올 줄을 안다. 나아갔다가 들어올 줄을 안다. 내밀었다가 거두어들일 줄을 안다. 잎을 내고 꽃을 피우다가 어느 정해진 날에는 다시 잎을 거두고 꽃을 거두는 것이다. 그들의 살아가는 방법과 그 모습 속에 우리의 나아갈 길과 올바른 삶의 방법이 고스란히 나타나 있다.

　나무는 자라면서 가지를 한쪽으로만 내밀지 않는다. 오른쪽 가지가 많으면 왼쪽으로 가지를 더 내고, 왼쪽 가지가 많으면 오른쪽으로 가지를 더 내어 자신의 균형을 맞춘다. 사람이 의도적으로 가지를 잘라내지 않는 이상, 모름지기 나무는 자기 스스로 좌우 균형을 맞추며 자란다. 일부러 비뚤어지게 자라는 나무는 없다. 몸통과 가지가 제 마음대로 구부러지고 휘어진 것처럼 보이는 소나무도 멀리서 보면 스스로 균형을 맞추며 서 있는 것이다. 산속에서 자라고 있는 소나무를 보면 금세 알 수 있는 사실이다. 그것을 사람이 뽑다가 인위적으로 휘어지게 하였으니, 지지대를 받쳐놓지 않을 수가 없다. 상이군인처럼 한쪽 몸을 지지대에 기대어 서 있는 소나무는 얼마나 고통스러울까. 정상을 비정상으로 만든 우리가 아파야 할 텐데, 그들이 불필요한 아픔을 겪는 것이다.

나무가 주는 많은 놀라움 중에서도 그렇게 좌우 가지의 균형을 맞추며 서 있는 모습을 보면 나는 무한한 경탄을 금치 못한다. 스스로 모습을 볼 수도 없는 그들이 어떻게 좌우로 균형을 맞추며 가지를 내고 있을까. 하물며 우리 인간은 자신은 물론, 타인이라는 거울을 통하여 스스로 모습을 자세히 들여다볼 수 있는데도 왜 좌우 균형을 맞추지 못하며 사는 것일까. 만물의 영장이라는 우리는 왜 자꾸만 한쪽으로만 기울어져 가는 삶을 사는 것일까. 균형을 지킨다는 것이 얼마나 보기 좋고 중요한 것인지, 그렇게 살아간다는 것이 얼마나 힘든 것인지 나는 나무를 보며 깨닫는다.

단아야, 오늘도 나는 한쪽으로만 잔뜩 치우친 이 삶을 가지고 나무 앞에 섰다. 이 세상을 살다 보면 그럴 수밖에 없다는 생각을 가지고 말이다. 부끄러움을 가지기는커녕, 핑계와 변명만을 잔뜩 가지고서 말이다. 이해관계가 복잡하게 얽힌 이 사회 속에서 생활하다 보면, 그렇게 될 수밖에 없다는 우리들의 생각은 우리 스스로 불행한 존재로 만들고 만다. 그걸 인지하지 못한다면 가엾다고나 하겠지만, 그걸 알면서도 또 그렇게 생각하는 것은 교만함 때문일까, 오만함 때문일까. 이것도 저것도 모르는 무지함 때문일까. 한쪽으로 기울어져서 사는 우리의 현실, 그런데도 별 불편함 없이 사는 우리의 딱한 사실. 대부분은 너무 내 쪽으로 기울어져서 문제지만, 너무 상대방 쪽으로 기울어져서 사는 것도 문제다.

좌우로 균형을 맞추면서 조심스럽게 가지를 내밀며 사는 나무들의 삶이 우리 삶의 기준이 되는 그런 날들을 우리 같이 기대해보자.

가엾게
여기는
마음
한 조각이라도

단아야, 나는 가끔 내가 그 누군가를 애처롭고 불쌍하게 여겨본 적이 있었는가 하는 생각에 빠지곤 한다. 이 세상을 살아가면서 그런 생각을 안 해본 사람이 어디 있겠느냐만, 그 누구에 대하여 그가 직면한 아픔을 내 아픔과도 같이, 진심으로 함께하는 마음을 가져본 적이 있는가, 하는 것이다. 네가 고개를 끄덕인다면 너는 이미 괜찮은 사람이다.

고통을 당한 사람을 보며, 슬픔에 빠진 사람을 보며 우리는 그들에게 동정심을 갖게 되고, 안쓰러운 마음을 갖게 된다. 사람은 대부분 다른 사람의 고통이나 슬픔을 보면 그렇게 된다. 안타까운 마음에 한동안 그 모습을 바라보기도 하고, 손을 내밀어보려고도 하고, 따뜻한 마음으로 안아주고 싶기도 하지. 그게 사람의 기본적인 마음일 거야. 타인의 고통과 슬픔을 해결해주지는 못하더라도 공감하며 공유해주고 싶은 마음.

타인의 아픔을 보면서 나는 내 마음의 진심을 보고 싶어 애를 쓰곤 했다. 집으로 돌아오는 길, 지하철역 계단 위에 엎드린 어느 신체

불구 노인의 모습을 보며, 그것이 우리와 똑같은 삶의 모습으로 다가왔을 때, 내 마음에는 어떤 움직임이 있었을까. 움직임이 있기는 했을까. 어제저녁, TV 뉴스에서 본 어느 지하 방 여인과 세 살 난 딸의 동반 자살은 내 마음에 어떤 동요를 일으켰을까. 단돈 25만 원과 작은 메모 한 장 남겨 놓은 채 그렇게 이곳을 떠나간 그 두 사람……. 분명히 나의 눈동자는 흔들렸고 가슴은 떨렸지만, 그것이 진짜 동요였을까. 나의 일처럼 그것은 진정으로 나의 진심을 흔들었을까.

부모는 자기 자식에 대해 항상 딱하고 불쌍한 마음을 갖는다고 한다. 이것은 결코 끊을 수 없고, 내려놓을 수 없는 마음이다. 불변하는 진심이다. 형제간에는 어떨까. 이웃 간에는, 또 남남 사이에는 어떨까. 꼭 그러한 마음은 아니겠지만, 우리들의 본성에는 불우한 이웃을 보면 가엽게 여기는 그런 마음이 있지 않을까.

우리가 살면서 수없이 만나게 되는 타인의 고통과 아픔 중에서 어느 것들이, 나하고는 아무런 이해관계가 없는 그 어느 것들이 문득 내 마음을 흔드는 공감의 것으로 다가올 때, 아, 마음이 참 아프다, 할 때, 그 순간, 우리는 잠깐의 인간적임을 느끼게 된다. 또 그것이 잘 축적되고 곱게 숙성되어서 내 마음의 밭을 이룬다면, 우리는 아름다운 사람이 되어간다. 그러나 지금까지 살아오면서 과연 나는 그 누구를 그렇게 여겨본 적이 있었나. 진심으로 그렇게 안쓰러워한 적이 있었나.

부처의 중생들에 대한 자비의 마음은 어떤 것일까. 중생을 가엾게 보는 마음. 불쌍히 여기는 마음, 그런 것이겠지만, 우리가 생각하는 그 정도의 것은 당연히 아닐 것이라는 생각이 든다. 불교뿐만이 아니라 다른 종교도 마찬가지겠지. 그 마음은 모든 사람에 대한, 이유가 없는, 아니 이유가 너무나 많은 그런 포괄적인 사랑의 마음이 아닐까. 우리 인간 삶의 고통과 고뇌를 절대자의 눈으로 본다면 얼마나 가엾은 것일까.

누구를 딱하게 여기는 마음, 불쌍하게 생각하는 마음을 가져보지 않은 사람은 아무도 없겠지. 이 세상을 살다 보면 우리는 타인의 고통을 자주 보게 되고, 이를 같이 아파하게 된다. 대부분 우리는 그렇다. 타인의 슬픔 앞에서 또 같이 슬퍼하고, 즐거운 일에는 같이 기뻐하게 된다. 우리 인간에게 주어진 다른 사람들과의 소통 중 하나가 이러한 감정의 공유이며 교류다. 이를 통하여 우리는 스스로 성숙하게 되고, 내가 가지고 있던 아픈 감정도 같이 치유되고, 서서히 회복되어 간다. 인간답게 되어가는 것이다.

단아야, 타인이 내 아픔을 알고, 나를 가엾고 불쌍히 여겨준다면, 나는 얼마나 큰 힘을 얻게 될까. 내가 타인의 아픔을 알고, 내가 그를 가엾고 불쌍히 여겨준다면, 그는 얼마나 큰 위로를 받게 될까. 그것으로 인하여 그의 고통이, 나의 아픔이 다 사라지지는 않겠지만, 우리는 그렇게 외롭지만은 않을 것이다.

지난 세월, 우리는 너무 각박하게 살아왔다. 타인의 고통에 태연하고 무관심했으며, 그것이 나의 것으로 다가올까 봐 두려워했다. 그것을 피하고 멀리했다. 그러다가 어느 날에는 나를 불쌍히 여겨달라고 타인에게 매달리기도 했으며, 그의 앞에서 나의 아픈 모습을 보이기도 했다. 또 때로는 그런 모습으로 주변 사람들의 동정심을 구하기도 했다. 그러나 냉정히 사라지는 사람들을 보며 상심하기도 하고, 배신감을 느끼기도 했다. 그들이 얼마 전 바로 나였다는 사실은 까맣게 잊고 있었으며 그들을 원망했다. 그것이 바로 나에게 돌아오고 마는 부메랑이 될 거라는 사실을 알기에는 우리는 타인의 고통과 아픔에 대하여 너무나 무지했다.

우리는 나처럼 남을 배려하며 살아온 사람은 없을 거라는 생각과 함께, 나처럼 남의 배려를 받아야 하는 사람은 없다는 자기 동정과 연민에 빠져 우리 스스로 피폐하게 만들기도 했다. 자주 그러는 사이, 우리 마음 밭은 마를 대로 말라서 거북등처럼 갈라져 있거나, 거친 비바람으로 뭉친 흙덩이가 되고 말았다. 그러나 그런 잘못됨을 알아가기란 참으로 어렵고 힘든 일이었다. 내가 고통 속에 있을 때, 그 누군가가 내 옆에서 나를 돌봐준다면 얼마나 큰 위안이 될 것인가를,

시 니 어 가 주 니 어 에 게

그가 고통 속에 있을 때, 그를 가까이에서 지켜준다면 그것이 그와 나에게 얼마나 소중한 기쁨이 될 것인가를 알기 시작하면서부터 우리 마음속에는 후회와 반성의 아픔이 훈훈한 봄바람처럼 일기 시작했다. 조금씩이나마 그런 것을 알아가는 게 매우 다행한 일이었다.

단아야, 이렇게 살아온 나를 너에게 얘기하는 것이 부끄러우면서도 조심스럽다. 오늘도 이 아침에 나는 나에게 묻는다. 그 누구를 진심으로 가엾게 여겨본 적이 있는가. 진심으로 그를 불쌍히 여겨본 적이 있는가. 이런 마음은 높은 곳에서 낮은 곳을 내려다보는 그런 마음이 아니어야 한다는 생각에 나는 더욱 엄숙한 마음가짐을 하게 된다.

또 생각한다. 나의 이 같은 이야기를 통하여 너희들이 더 멋지고 아름다운 마음을 갖게 된다면, 지난날의 나의 부끄러움은 숨기고 싶은 것만은 아닐 거라고.

참 유감이야, 지금의 내 실력은

단아야, 공부한다는 것처럼 어렵고 힘들지만, 또 그만큼 보람 있고 의미 있는 일도 없을 것이다. 그런데 평생토록 배우고 공부한다면 어떨까. 만학의 즐거움을 통하여 사람들은 한층 기름지고 풍요로운 삶을 이어가는 것이 사실이지만, 그게 그렇게 쉬운 일만은 아니겠지. 대부분 사람은 어느 순간에 지치고 말 거야. 아무튼 무언가를 배우려고 노력한다는 것은 우리 삶에 있어서 매우 가치 있고 의미 있는 일이 아닐 수 없다.

무릇 사람의 일이란 다 그 '때'가 있는 법이고, 그때 그것을 해야 가장 효과가 클 것인데, 배움이란 평생 하는 것이라는 생각에 끝없는 배움의 어려움이 느껴지기도 하지만, 또 그만큼의 기쁨과 보람이 있는 것이 분명하다.

나이가 들어서 공부를 하다 보면, 아하, 이런 것이 있었구나, 이게 그렇구나, 하고 새롭게 깨우치게 되는 부분이 있고, 그것을 발견하는 것처럼 즐거운 일은 없다. 특히 요즈음은 낯설고 새로운 정보와 지식이 우리 주변에 넘쳐흐르고, 그것을 알아가는 순간의 기쁨이란 젊어서 보다 나이 들어서 더욱 신기한 것이 된다. 모름지기 사람은 평생 배워야 한다. 학생들처럼 공부할 수는 없겠지만, 나이와 상관없이 알려고 하는 마음의 자세가 필요하다. 매스컴 등 뉴스매체를 통하여 아는 것도 중요하지만, 직접 책을 읽음으로써 알게 되는 사실이 더욱 중요하다. 삶의 의미와 나의 존재감은 그렇게 해서 그 소중함을 더욱 깊이 깨달을 수 있기 때문이다.

끝없이 공부하는 자세, 새로운 것을 알려고 노력하는 마음가짐은 이 사회를 살아가는 모든 사람에게 숨 쉬는 것처럼 중요한 일이 아닐 수 없다. 이러한 사실에 너 역시 공감하리라 믿는다. 세상의 모든 것들은 너무 빨리 바뀌고 지나가 버린다. 시간도 그렇고, 물건도 그렇고, 사람들도 그렇다. 모든 것들이 너무 급하고 빠르기만 하다. 어제의 새로운 것이 오늘 헌것으로 바뀌고, 또다시 새로운 것들이 그것을 금세 헌것으로 만들어버린다. 이 급변하는 시대에 우리는 무엇이든지 열심히 배워야 한다. 열심히 따라가야 한다. 처지고 소외되면 안 된다.

단아야, 나는 종종 지금의 내 실력이 어느 수준인가 하고 생각해보곤 한다. 학창시절, 나는 공부를 열심히 하지 않았다. 그 이후도 별다름은 없어서 이런저런 후회를 하고 있지만, 지금의 내 수준이 어떠한가 하고 생각하다 보면 나 스스로 웃음이 슬그머니 나오고 만다. 지식이든(전문적인 수준이든 아니든) 일반적인 상식이든 모든 분야를 통틀어서 별 볼 일 없구나 하는 생각이 들기 때문이다. 하기야 공부하는 것을 좋아하는 사람이 어디 있을까. 중학교 시절, 나는 매달 시험에서 전교 일등을 하는 친구에게 물었다. 공부하는 것이 좋으냐고. 그친구는 분명히 그렇다고 대답하리라 나는 믿었다. 그러나 그 친구 역시 공부하는 것이 싫다고 했다. 당시 나는 알았다. 공부하는 걸 좋아하는 사람은 없다고. 아무튼 그 친구는 중학교 졸업 때까지 전교 일등을 도맡아 했지만.

우리는 초등학교를 졸업하고, 중학교, 고등학교를 거치고, 또 대학교에 진학해서 공부를 계속한다. 대학공부를 마치면 대부분 사람은 이제 공부는 마무리 짓는다고 생각하고, 취업하고, 결혼하고, 가정을 꾸려 살게 되는 것이 일반적인 과정이다. 대학원 등으로 진학해서 공부를 계속하는 사람은 일단 예외로 하자.

그렇다면 이러한 과정을 거치면서 공부했던 실력으로 볼 때, 언제의 것이 나의 가장 뛰어난 실력이었을까. 언제 집중적으로 열심히 공부했는지는(학문의 깊이 있는 수준까지는 못 미치더라도) 상급학교 입학과 직결된 그 시대의 진학 시스템에 따라 크게 달라진다는 그 슬픈 현실에 달려 있지만, 아무튼 이 질문에 우리 각자는 어떻게 대답할 수 있을까. 단아야, 너는 어떠냐. 초등학교나 중학교 때는 아닐 것이고, 아무래도 고등학교나 대학교 때가 아니었을까. 내 경우는 고등학교 때였다.

학문이라고 하기에는 한참 무리가 있는 것이지만, 그나마 이것저것 두루두루 넓게 아는 일반적인 지식이나 조금 깊은 상식 수준에서의 나의 최고 수준은 고등학교 때의 실력이었다. 부끄러운 얘기지만, 아무리 생각해봐도 그렇다. 대학에 진학하기 위하여 모든 과목에 대하여 그야말로 척척박사가 되지 않으면 안 되었던 당시 고3 실력이란 나름대로 꽤 대단했다.

눈에 보이는 길거리의 간판도 저절로 외워질 만큼 머리는 총명했고, 몰두하고 집중하는 태도도 훌륭했다. 그렇다고 나를 포함한 당시의 내 친구들이 다 원하는 대학에 진학하지는 못했다. 아무튼, 힘들게 입학했던 대학에서는 어울려 술 마시고 돌아다니며 귀한 시간을 다 흘려보냈다. 그것들도 다 필요한 인생의 과정이었겠지만, 지금 생각해보면 그 시간이 마냥 아깝기만 하다. 내 인생에서 지식이라는 것이 고작 고3을 정점으로 기울어져 갔다니. 참으로 애석하고 가엾은 일이 되고 말 것을 그때는 왜 몰랐을까.

미분, 적분 문제를 잘 풀고, 화학방정식을 잘 외우고 하는 것도 중요하지만, '인생이란 무엇인가'라는 문제를 가지고 혼자 고민하며 방황하는 것은 더욱 중요하다. 대학을 다니면서 그런 인생 고민을 하게 되는 것이 어려운 수학 문제를 잘 푸는 것보다 몇 배는 더 중요한 것인데, 별로 그러지도 못했으니 이래저래 나의 실력은 나락으로 떨어지는 것처럼 도태되고 말았다. 면학에 대한 의지도 그랬고, 태도도 자세도 그랬다.

시간이 지나갈수록 국어, 영어 등에 대한 어휘력은 자꾸 줄어만 갔고, 국사, 세계사 등 역사에 대해서는 그나마 갖고 있던 문제의식조차 희미해져 갔으며, 물리, 화학, 생물이라는 것은 나에게는 아예 존재가 없는 분야가 되어버렸다. 그나마 알고 있었던 얕은 지식은 바닥에 큰 구멍이 난 양동이에서 물이 새듯 내 머릿속에서 줄줄 빠져나갔다. 누구나 다 그랬어, 하고 나 스스로 자위도 해보았지만, 씁쓸한 마음일 뿐이었다.

어쨌든 내 인생 최대의 실력은 철도 제대로 들지 않았던 고등학교 때였다는 사실, 그 실력을 지금도 우려먹고 산다는 사실에 웃음이 절로 나온다. 성인이 되어서 문법 공부를 열심히 하고, 맞춤법과 올바른 문장법을 공부하고, 역사적 사건들에 대하여 연대표를 만들어 외우고 할 수는 없겠지만, 마음이 허접한 것은 감출 수가 없다.

요즈음은 다시 역사를 공부하고 싶다. 학창시절과는 다른 생각을 가지고 보게 되는 세계의 역사, 우리나라의 역사. 그것뿐이랴. 우주의 원리, 생물체들의 삶과 죽음, 물리, 화학의 신비함, 인간 마음의 오묘함 등등 내가 모르고 있는 게 너무나 많을 뿐만 아니라, 이미 알고 있다고 하더라도 그것이 얼마나 작은 부분에 불과한지를 생각해보면 시간 가는 것이 한없이 아깝기만 하다. 이런 사실을 좀 더 일찍 알았더라면.

단아야, 사람은 평생 배우며 살아야 한다. 유식해지기 위해서가 아니라, 겸손해지기 위해서다. 지금의 내 실력이 중학교 수준에 머물러 있든 고등학교 수준에 머물러 있든 더는 그것에 집착하지 말자. 다만, 지금이 나에게는 최적의 배우는 시간이라고 생각하는 것이 중요하다. 즐거운 마음으로 책을 읽고, 다른 사람들의 생각과 삶의 방식을 느껴보자. 그것이 나이 들수록 내 마음을 여물게 하고, 나를 숙성시키는 공부다. 그러다 보면 어느 시절이 나에게서는 가장 최고의 실력이었다는 부끄러운 한계를 넘어서게 될 것이다.

사실 진짜 최고의 실력이란 멋진 삶을 만들어가는 실력이다. 멋진 인생을 만들어가겠다는 생각으로 내일 또 내일을 준비한다면, 그는 수시로 최고의 실력을 갱신해가는 사람이다. 나는 네가 그렇게 되기를 진심으로 바란다.

허세작렬

어느 날이었어. 정기적으로 만나는 친구들 모임에 나갔던 그날, 우리는 이런저런 대화거리로 모두 즐거운 한때를 보냈지. 회사원이라는 공통점은 있었지만, 서로가 각자 다른 직장에 다니고 있었으므로 이야깃거리도 많았고, 각자 다른 관심사항과 취미생활은 서로가 서로에게 흥미를 느끼기에 충분했다. 말이 많은 사람, 말이 적은 사람, 시끄러운 사람, 그렇지 않은 사람, 떠들며 잘난 척하는 사람이 있는가 하면, 별 반응 없이 조용히 있는 사람도 있었고, 우리는 그렇게 떠들며 모처럼의 즐거운 시간을 갖게 되었지.

사회에 나와서 처음 만나 알게 된 사람과의 만남과는 달리, 학창시절을 같이 보냈던 친구들은 언제 어디서 만나더라도 항상 격의가 없고, 부담도 없어서 좋았다. 술 한잔하며 왁자지껄 나누는 얘기들은 고리타분하게 지난 것이더라도 언제나 재미있는 것이었다. 반복해서 듣고 떠들어도 그랬어. 그런데 그날 나는 유난히 떠들었나 봐. 너무 나댔나 봐. 평상시 없는 허세까지 부리며 왜 그렇게 설쳐댔는지. 오랜만에 만나서 그랬을까. 그동안 직장에서 쌓인 스트레스가 나도 모르는 사이에 폭발해버려서 그랬을까. 지금 생각해보면 그날 그랬던 나의 모습이 잘 이해되지 않는다. 혹시 그것이 평상시 나의 모습은 아니었을까. 남들은 다 알고, 나만 모르고 있던 그런 나의 진짜 모습은 아니었을까.

고등학교 친구들 모임이었으니 그렇다고 한들 큰 흠집이 되지는 않을 것이었지만, 다음날 나는 지난밤 내 모습에서 지나치게 그런 면이 있었다는 것을 느꼈다. 아무리 친근한 사이라고 하더라도 나로 인해서 감정이 상한 친구가 있지는 않았을까 하고 우려가 된 것도 사실이었다. 나보다 더 설치고 떠들어댄 친구도 있었지만, 아무튼 그날 우리는 모두 즐거운 마음으로 스마트 폰으로 사진도 여러 장 찍고, 다시 만날 날을 약속하며 헤어졌다.

단아야, 그날 내가 어떤 주제 때문에 주변에 아랑곳하지 않고, 그렇게 목소리가 커지고 떠들게 되었는지 그것을 이야기하고 싶지는 않다. 술 때문도 아니었다. 사람들은 대부분 대화 중에 자기가 잘 아는 내용이 나오거나, 얘기 도중 자기의 의견이 묵살되거나 할 경우, 목소리가 커지게 된다. 아니면 이야기의 중심에 자기가 서기 위해서, 또는 주변의 관심을 끌려고 그럴 수도 있을 거야. 그런데 그것이 평상시 자기의 모습일 수 있다는 거, 사람들은 잘 의식하지 못하곤 하지.

아무튼 어느 모임에서건 너무 떠들며 나서는 것은 결코 바람직하지 못하다. 특히, 누군가가 자기 의견에 반대하거나 부정하면 그를 필요 이상으로 공격하게 되는데, 이는 반드시 지양해야 할 일이다. 물론 토론과 논쟁이 하나의 수단으로 간주되는 세미나라든가 학술대회에서는 그럴 수도 있겠지만, 그것도 주변의 상황과 상관없이 혼자 너무 나대고 잘난 척하는 태도로 나타난다면 이 역시 결코 바람직한 모습은 아니다. 아무리 자신이 유명하고, 실력이 '빵빵' 하다고 해도 말이야. 그럴수록 신중해야겠지. 건전한 논쟁과 그 열의는 바람직하지만, 그것이 상대방에 대한 지나친 공격이라면 당연히 자제해야 하는 것이 맞는 거겠지.

어쨌든 사람은 자기주장이나 생각이 타인에 의해 묵살되거나 무시당하는 기분이 들면 반감이 생기기 마련이고, 자기가 잘 아는 분야의 주제가 나오면 잘난 척하기 마련이다. 이는 가까운 지인들이나 친구들 모임에서도 마찬가지야. 그러다 보면 서로 간에 불필요한 언쟁으로 옮겨가는 때도 있고. 심지어 서로에게 적대감이 생길 수도 있다. 어떻게 내 생각만 있으며, 나만 옳을 수 있으랴, 어떻게 네 생각만 있으며, 너만 옳을 수 있으랴. 다 마찬가지다. 평상시 신중했던 사람도 대화의 어느 순간에 열을 받고 말이 많아질 수 있으며, 점점 그러다가 자신도 잘 모르는 허세까지 작렬하는 때도 있다.

나는 나만의 성역을 하나 만들어놓고(이 분야는 나만큼 아는 사람도 없고, 아무도 쉽게 들어올 수 없다는 생각으로), 그것을 건드리거나 들어오려는 사람에게는 강한 거부감으로 배척하고 있지는 않을까. 그렇다면 이것은 가까운 친구들 모임에서든 격식과 품위를 갖춰야 하는 사회적 모임에서든 거친 실밥처럼 드러나 보이는 나의 문제점일 수 있다. 나는 유일무이한 존재지만, 나만의 성역이라는 것은 없다. 내 생각은 하나지만, 다른 사람들의 생각은 여러 개다. 나의 경험은 하나지만, 다른 사람들의 경험은 여러 개다. 나보다는 다른 사람들이 우월하다. 나만의 성역이란 결국 나를 독선적으로 만들고, 외롭게 고립시킬 뿐이다. 그렇게 마음먹지 않고, 여러 사람 앞에서 잘난 듯이 떠들어낸다면 나의 부끄러운 허세만 작렬하고 마는 것이다.

실속이 없고 겉으로 과장되게 드러난 모습을 허세라고 하지만, 많이 알아서 고집을 피우며 잘난 척하는 것도 허세의 하나다. 자꾸 나대려고 하는 모습, 불필요하게 열을 올리며 시끄럽게 떠들어대는 모습도 마찬가지다. 종종 나는 짐이 하나도 실리지 않은 수레를 생각한다. 자갈길 위를 굴러가는 이 빈 수레……. 길이 나빠서 시끄러운 건지, 다 비어서 시끄러운 건지 상대방은 잘 알 수 없다. 길이 나빠도 필요한 짐을 적절히 실은 수레는 시끄럽지 않다.

단아야, '허세'라는 것은 가끔 귀엽게 보일 수도 있고, 애교스럽게 느껴질 수도 있다. 일찌감치 속이 빈 강정은 약하기 때문에 종종 상대방으로부터 동정을 받기도 하고, 이런저런 상황에서 양해될 수도 있다. 그러나 속이 빈 강정은 쉽게 부서지고 만다. 우리는 '허'를 '실'로 바꿀 필요가 있다. 편한 사람을 만나 이야기를 나누는 일에도 실속이 좀 있어야겠다는 생각으로 며칠 전의 친구들 모임을 돌이켜 보자니, 당시의 내 모습이 우스꽝스럽게 느껴진다.

생각에 신중하고, 언행에 조심스러우면 잠깐의 허세는 애교나 귀여움이기도 하여 잠시의 매력이 되기도 하겠지만.

학창시절에 나는 그 누구보다도 많은 책을 읽었다고 자부하며 지냈다.
시와 소설, 수필, 국내외 문학 등 많은 책을 읽는 데 많은 시간을 보냈다.
그러한 나의 모습은 성인이 되고 나서도 변함이 없었다. 그만큼 열심히 책을 읽으며 생활했다.
나는 책 속에서 얻은 다양하고 많은 간접경험이 앞으로의 나의 사회생활에
큰 도움이 되리라고 믿었고, 실제로 그런 경험도 했다.
그러나 시간이 흐르면서 현실사회 속에서 각양각색의 사람들을 만나고,
서로 다른 생각과 판단에 갈등이 빚어지고,
반목을 거듭하면서 나의 이러한 기대감은 맥없이 무너지기도 했고…….

제2부 그때로 다시 돌아간다면

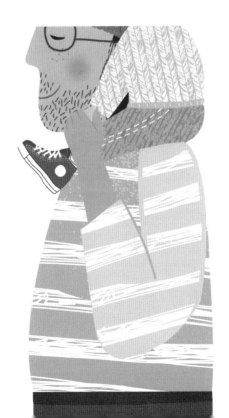

현실과 낭만 사이

지나간 시간은 누구에게나 아련한 그리움을 가져다준다. 아무리 힘들고 어려웠던 시절도 다 지나고 나면 아쉽고 그리운 법이다. 남자라면 치가 떨리던 저 최전방에서의 군대 생활, 그 혹한에서 몸서리치던 일들도 제대하고 난 후에는 다 아련한 기억 몇 장으로 남아있게 되니, 지난 모든 것들에 대한 향수란 누구에게나 있는 아슴아슴한 그림 같은 것이기도 하다. 반드시 그렇지 않은 사람도, 꼭 그렇지 못한 기억도 있겠지만, 대부분 사람 마음속에는 힘들고 아팠던 그것들이 새삼 보고 싶고, 가고 싶은 추억의 파스텔화처럼 희미하게 남아있는 것이다.

오래된 것일수록 더욱 그럴까. 아니면 아쉬움이나 아픔 같은 것이 깊게 패인 것일수록 그럴까. 힘들었던 시간도, 아팠던 기억들도 모두 그리운 모습으로 남아있게 된다는 것에 우리는 참으로 다행스러운 삶의 대견함을 생각하게 된다. 종종 그것으로 우리는 지금의 힘든 일을 이겨내기도 하고, 자꾸 생겨나는 내 마음의 상처를 치유해가기도 한다. 그것은 조용히 움직이는 삶의 자정(自淨) 능력 때문인지도 모른다.

힘들었던 기억도 그러한데 즐거웠던 것은 얼마나 더 그리울까. 철없이 뛰어놀던 유년 시절의 추억은 얼마나 더 그럴까. 학창시절의 아슴아슴한 추억들, 나는 종종 학창 시절의 나를 생각해보곤 한다. 그 시절에 대한 기억은 누구에게나 다 돌아가고 싶기만 한 그리움의 시간을 가져다준다. 미숙했지만 한없이 순수했던 사춘기 시절의 내 모습에서, 친구들 모습에서 아스라이 떠오르는 당시의 풍경들이 빛바랜 수채화처럼 우리 눈앞에 다가올 때, 우리는 마냥 그리운 동심의 세계로 다시금 빠져들지 않을 수가 없는 것이다.

내가 다녔던 초등학교는 언덕길을 한참 걸어 올라가다가 숨이 헐떡거릴 즈음에 서 있었다. 그 길은 봄에는 노란 먼지가 폴폴 이는 흙길이었지. 아주 긴 언덕길이었는데, 우리는 가방을 메고 그 길을 매일 걸어서 다녔다. 비가 오는 날이면 진흙으로 변하고 마는 그 길, 그래도 물이 잘 빠지는 모랫길이라서 그렇게 질퍽거리지는 않았지. 우리는 장화를 신었어. 너무 신났지, 장화를 신는다는 일이.

그래서 우리는 매일 비가 오기를 기다렸어. 엄마가 장화 신는 것을 허락해주었기 때문이야. 장화를 신는다는 것은 정말 신나는 일이었거든. 모가지가 긴 까만색 고무장화. 엄마가 그것을 꺼내주면 우리는 그것을 신고, 신이 나서 동네 친구들을 다 불러내서 같이 학교에

갔다. 모두 같은 장화를 신고 있었지. 학교 공부가 끝나면 우리는 또다 같이 모여서 집으로 돌아왔는데, 곧장 집으로 오지는 않았어. 여기저기를 쏘아 다니느라 정신이 없었지. 시간 가는 줄도 모르고. 가방을 둘러멘 채로 말이야. 비를 흠뻑 맞아 옷이 푹 젖어도, 책가방이 다 젖어도 아랑곳하지 않았다. 식구 수대로 우산이 넉넉하지 못했던 시절, 얇은 비닐 우비 하나씩을 입기는 했는데 비바람을 이겨내지는 못했지. 우리 몸과 가방은 다 젖을 수밖에 없었다.

비가 오는 날이면 왜 지렁이들은 다 길 위에 나와 있는 걸까, 드럼통 물속의 장구벌레는 왜 이렇게 많아졌을까, 하며 우리는 그것들을 한참 동안 들여다보면서 골똘히 생각하곤 했어. 까맣게 젖은 머리카락 사이로는 하얀 김이 아지랑이처럼 모락모락 피어오르고 있었지.

단아야, 그 시절의 군것질은 어땠을까, 무엇이었을까. 짐작할 수 있겠니? 멍게와 해삼이었다면 너는 놀라겠지. 등굣길에, 하굣길에 우리는 길가 손수레에서 파는 멍게와 해삼을 사서 먹었다. 그것들을 아저씨가 잘라 주면 우리는 길게 편 옷핀으로 한 점씩 찍어 먹었다. 살점이 오독오독한 해삼과 쌉쌀하면서도 달짝지근한 멍게를 초고추장에 찍어 먹는 맛이란, 글쎄 어떻게 표현해야 할까. 비릿한 바닷냄새가 그대로 코에 스며드는 그 맛.

요즈음은 그런 맛을 느낄 수가 없을 거야. 그러나 그 맛을 알고 먹는 것은 아니었다. 그냥 우리가 오고 가는 길 주변에서 팔고 있으니까 사 먹었던 거였어. 물론 구멍가게에 가면 엿이나 꽈배기, 약과도 있었고, 눈깔사탕도 있었고, 얇은 비닐봉지에 든 노란색 물감 주스도 있었다. 그리고 참, 그 옆에 만화 가게가 있었지. 연속극처럼 1편, 2편, 3편, 이렇게 연이어 나오는 만화들. 라이파이, 땡이 등 우리의 친구들.

돌이켜보면 공부했던 기억은 없고, 장화를 신은 발로 친구를 향하여 흙구덩이의 물을 첨벙거렸던 기억, 지렁이에게 소금을 마구 뿌려댔던 기억, 물속의 장구벌레를 양손으로 퍼 올렸던 기억들만이 떠오른다. 이런 것들을 유년의 낭만이라고 해도 될까. 먼 하늘의 별빛처럼 아슴아슴한 유년의 기억들.

세월이 가면서 누구는 이사 갔고, 누구는 그대로 살았지만 동네 친구들은 뿔뿔이 흩어졌다. 각자 실력대로 중학교에 진학하고, 선생님 몰래 여학생을 만나고, 엄마, 아빠 몰래 그 여학생과 떡볶이를 사 먹었다. 시집을 읽고, 소설책을 읽고, 혼자 나뭇잎을 밟으며 걷기도 했지. 성적이 떨어졌다고 선생님과 엄마로부터 혼쭐이 나면서도 공부하기보다는 여학생을 또 만났고, 같이 영화를 보러 갔다. 걸리면 정학이라는 위험을 무릅쓰고 말이야. 그리고 매달 월례 고사를 보았고, 떨어지는 석차 수만큼 선생님으로부터 엉덩이를 맞았다. 올라가면 칭찬, 떨어지면 엉덩이 찜질이었어. 어떤 친구는 10등 이상 떨어졌는데, 그 친구 엉덩이는 그날 거덜이 나고 말았어.

그때의 운동장은 끝이 보이지 않을 만큼 넓었고, 학교 건물 뒤로는 산이 있었으며, 산속으로 들어가면 시냇물도 흘렀다. 여름이면 숲이 울창하고, 매미 소리가 끊이질 않아서 아주 깊은 산속에 들어와 있는 것같이 느껴졌지. 야트막한 뒷동산이었겠지만, 당시 우리에게는 설악산만큼 깊고 험한 곳이었다. 그 산 입구에 미술실이 있었고, 미술시간에는 산속에 들어가 그림을 그렸다. 우리는 그림 한 장 얼른 그려놓고는 친구들과 정신없이 뛰어놀았다. 미술 선생님은 그러는 우리를 모르는 척 그냥 놔두었지.

고등학교 형들이 그 숲속에 숨어서 담배를 피우곤 했어. 그러면 우리는 부리나케 그곳을 빠져나왔다. 형들 저러다 선생님에게 걸리면 정학, 아니면 퇴학인데. 우리는 운동장으로 내려와서는 다시 공을 차고, 땀으로 온몸이 흠뻑 젖으면 수도꼭지를 틀어 입안으로 물을 부어댔다. 지하수였을 거야. 물이 너무 차가워 머리가 어질어질했지. 먼지가 뽀얗게 덮인 교복을 입고 집으로 돌아가면 엄마한테 또 야단을 맞았다. 교복이 더러워진 것도 그렇지만, 늦게까지 밥도 안 먹고 돌아다닌 것이 엄마한테는 걱정되었던 거야. 그때는 핸드폰이라는 글자가 사전에도 없던 시대였다.

고등학교에 입학했다. 중학교와 같은 교문을 쓰는 한 울타리 내의 상급학교였어. 고등학교에 진학한 후로는 미술 시간이 없어졌고, 미술 선생님도 보이지 않았다. 그림을 그리러 산속에 갈 일이 없어졌어. 실과시간도 없어졌다. 콩알보다 작은 씨앗을 심고, 열심히 물을 주던 기억이 희미해졌다. 음악 시간은 일주일에 겨우 한번, 한 시간이었다. 특활시간에 축구반을 택하여 운동장에 나가 공을 차는 아이도 있었고, 밴드 반에 가서 나팔을 불고, 북을 두드리는 아이들도 있었지만, 대부분 아이는 영어, 수학반을 택하여 추가로 공부를 했다. 나는 문예반을 택했다. 그리고 다른 학교 학생들과 문학 클럽을 만들어 소설책을 읽고, 어설폈지만 문학 토론도 했다.

날이 갈수록 치열해지는 입시경쟁이 우리에게 현실로 다가오고 있었다. 많은 아이가 과외공부를 시작했어. 좋은 대학에 가려면 어쩔 수 없는 일이었지. 그리고 우리는 각자 제 실력대로 대학에 가고, 군대를 갔다 오고, 취직하고, 결혼했다. 사회에 나가 열심히 돈을 벌었고, 아이를 낳았고, 그리곤 시간이 흘러서 직장에서 은퇴했다. 그리고 지금 이렇게 살고 있다……

참으로 평범한 내 삶, 다른 사람과 비교할 것 별로 없는 삶. 그렇게 잘난 것도 없고, 그렇게 못난 것도 없는 내 삶을 돌이켜보면서 진한 그리움과 아쉬움이 잔뜩 남는 것은 무엇 때문일까. 실컷 놀고 돌아다

넜는데, 여전히 무엇이 그렇게 아쉬운 걸까. 누구에게나 다 그런 것일까. 평범하게 살아와서 그런 것일까. 대부분 그렇게 살아가는데.

중학교를 졸업할 즈음, 나의 꿈은 가수가 되는 것이었다. 통기타, 전기기타가 막 유행하던 시절, 보컬 그룹을 만들어 무대에 서서 기타 치고 노래를 부르는 것이었지. 그러나 아버지에 의해 나의 꿈은 부서지고, 아니 시원치 않은 내 노래 실력으로 그것이 불가능하다는 것을 알고 스스로 그 꿈을 접었으며, 그렇게 하기로 같이 약속했던 친구들도 다 그 꿈을 접었다. 그리고 우리는 더 커서 각자 제 갈 길로 걸어갔다. 법대에, 의대에, 사범대에. 나는 알았다.

'현실이란 이런 거구나.'

고등학교 때 나의 꿈은 노벨 문학상을 받는 것이었다. 엄청난 것이었어. 대통령이 되겠다는 것과 비슷한. 아니, 그것보다 더 엄청날지도 모르는. 지금 생각해도 웃음이 터져 나오다 못해 입이 다물어지지 않는다. 그 원대하고 위대한 꿈. 그러나 당시 나는 아무에게도 그런 나의 꿈을 얘기하지 않았다. 아무리 철이 없었던 그 당시였지만, 친구들에게 차마 그 말을 할 수가 없었던 거지. 지금까지 국내의 변변한 문학상 하나 받지 못하고 있는 지금의 내 현실을 그때 내가 예견했을까. 아무튼 그저 신났던 나의 꿈, 최고의 낭만적인 생각…….

뜬구름 잡는 것보다 더 허황되고, 허공에 별을 달겠다는 것보다 더

맹랑한 생각의 시대였지만, 나에게는 정말 멋지고 낭만적인 시간이었다. 삶이란 허공을 떠다니다가 점점 지상으로 내려오는 것처럼, 산다는 것은 시간이 지날수록 공상과 상상의 세계에서 현실과 실제의 세상으로 오는 거겠지만, 그래도 그때 좀 더 상상의 공간을 떠다녔으면 하는 아쉬움이 지금도 가득하다.

모가지가 긴 고무장화며, 길 위를 기어가는 지렁이들이며, 꼬물꼬물 장구벌레들이며, 야외 미술 시간이며, 축구공이며, 가수며, 보컬이며, 문학상을 생각했던 그 시절이 그래도 그것이 낭만이라면 낭만이었을 텐데, 그 시간에 좀 더 머물러 있지 못했던 것이 마냥 아쉽기만 하다. 살아가면서 엄연한 현실 세계를 직시하고, 늦지 않게 그 현실의 길을 걸어가는 것이 옳게 사는 일이겠지만, 단아야, 요즈음 너는 어떠니? 학창시절이 좀 더 낭만적이었다면 어땠을까 하는 생각으로 너에게 묻는다.

나는 무엇을 먹고살았나

타닥타닥, 주방에서 아내의 칼질 소리가 들린다. 도마 위에서 무엇인가를 다듬는 소리다. 어느 음식의 재료가 곱게 썰어지기도 할 것이다. 요즈음 주방용 칼은 예전의 무쇠 칼처럼 그렇게 살벌해 보이지 않는다. 번득이는 스테인리스 칼이라 하더라도 그렇게 위험스럽게 보이지 않는다. 빨간색도 있고, 노란색도 있고, 초록색도 있어서 칼이라는 위험성은 많이 없어 보이나, 그래도 칼은 칼이다.

그 칼이 엄마의 손에 들려있으면 안전한 주방용 도구이지만, 강도나 도둑의 손에 들려있으면 위험한 물건이 된다. 같은 칼이지만 누구의 손에 들려있는지, 어떻게 쓰일 것인지에 따라 엄청난 차이가 있는 것이다. 이런 것쯤은 단아 너도 잘 알고 있겠지. 뱀이 이슬을 먹으면 독을 만들고, 사슴이 이슬을 먹으면 녹용을 만든다는 사실 같은 것 말이야.

같은 이슬이지만, 동물에 따라 누구는 독을 만들 수밖에 없고, 누구는 녹용을 만들 수밖에 없다는 사실, 우리 인간은 어떨까. 같은 물을 같은 사람이 마셨는데도 그 사람의 생각과 행동에 따라 그것이 독이 되어 나타나기도 하고, 약이 되어 나타나기도 한다. 그렇게 사람은 자기의 생각과 의도에 따라 독을 만들 수도, 약을 만들 수도 있다. 그래서 인간을 영장이라고 부르는 것일까. 마음먹은 대로 기꺼이 나를 이렇게 저렇게 만들어낼 수 있는 우리의 능력, 그러나 이성과 양심에 의해 생각하고 행동하고, 필요할 때 마땅한 책임을 져야 하는 우리의 엄숙한 현실을 우리는 직시할 필요가 있다.

단아야, 그러기 위해서는 무엇을 보고 배울 것인가, 내 정신을 무엇으로 채워갈 것인가 하는 고민에 많은 시간과 공을 들여야 한다. 사람은 결국 자기가 보고 배우고 느낀 걸 바탕으로 살아가는 것에 길들여가고, 이것에 의해 생활의 기준과 행동이 만들어지고, 자신의 가치관이 세워지기 때문이다. 불필요한 독을 만들어내지 않기 위해서는, 칼을 다른 용도로 사용하지 않기 위해서는 어떻게 해야 하는지 우리는 깊이 한번 생각해볼 필요가 있다.

올바른 생각, 올바른 판단을 하기 위하여 우리는 무엇을 어떻게 해야 할까. 무엇을 보고, 배우고, 어떻게 생각하며 살아가야 할까. 이런 질문을 할 때마다 나는 나에게 되묻는다.

'지난날 나는 무엇을 먹고살았나?'

'그동안 나는 무슨 생각을 하며 살았나?'

'누구와 무슨 얘기를 어떻게 나눴으며, 무슨 책을 읽었으며, 그 책을 통하여 무엇을 느끼고 생각했나?'

'이 사회의 많은 사람과 어떻게 어울려 살아왔으며, 어떠한 문제점을 발견했으며, 어떤 노력을 했는가? 또 앞으로는 어떻게 살아가려고 하는 것인가?'

단아야, 너무 고리타분한 이야기가 될지도 모르겠지만, 이런 생각 앞에 나는 슬금슬금 부끄러워진다. 그런 마음을 숨길 수가 없다. 내 양심은 나를 발가벗긴 채, 다른 사람들 앞에 내놓고, 나를 깊은 자괴감에 빠뜨리곤 한다.

학창시절에 나는 그 누구보다도 많은 책을 읽었다고 자부하며 지냈다. 시와 소설, 수필, 국내외 문학 등 많은 책을 읽는 데 많은 시간을 보냈다. 그러한 나의 모습은 성인이 되고 나서도 변함이 없었다. 그만큼 열심히 책을 읽으며 생활했다. 나는 책 속에서 얻은 다양하고 많은 간접경험이 앞으로의 나의 사회생활에 큰 도움이 되리라고 믿었고, 실제로 그런 경험도 했다. 그러나 시간이 흐르면서 현실사회 속에서 각양각색의 사람들을 만나고, 서로 다른 생각과 판단에 갈등이 빚어지고, 반목을 거듭하면서 나의 이러한 기대감은 맥없이 무너지기도 했고, 내가 너무 이상적이거나 비현실적인 생각이 있다는 사실을 받아들이면서 사람들 속에 서 있는 나의 무력한 모습을 발견하기도 했다.

그것은 여전히 미숙하고, 한없이 부족한 나의 자화상이었다. 그것이 나의 본연의 모습이라고 판단하지 않을 수가 없었을 때, 나는 나에 대하여 생각해보았다. 과연 나는 무엇을 먹고살았나. 그동안 나는 너무 편협한 생각을 가지고 살아온 것은 아닌가. 많은 책을 보았다는 것이 나의 실력인가, 이것이 나의 성숙한 인격인가. 지나친 편식으로 영양실조에 걸린 것은 아니었나. 땅을 딛고 있는 것이 아니라, 허공에 떠다니고 있던 것은 아니었을까. 좋은 것을 먹고도 독을 만들어내고 있는 건 아닌지 하는 마음이 들었을 때, 나도 모르는 사이에 내 마음 한구석에 조용한 위선과 알량한 교만이 서서히 쌓여 나만의 독선을 만들어가고 있었을지도 모른다는 생각을 해보지 않을 수가 없었다.

단아야, 다양한 방면의 책을 골고루 읽는다는 것은 편식하지 않는 것처럼 중요하다. 너도 이런 것쯤은 충분히 알고 있겠지. 물론 나도 그것을 잘 알고 있었지만, 말처럼 그렇게 잘하지는 못했다. 한 방면의 책에만, 또 같은 주장과 내용에만 지나치게 몰두하게 되면, 사고방식과 판단도 한쪽으로 치우치기 쉽다는 것, 생각의 균형을 잡기가 어렵다는 것을 잘 알고 있었는데도 그저 나의 기호와 취미에 따라 그것을 간과하며 지냈다.

우리가 살아가면서 맞이하게 되는 많은 일 중에서 어느 필요한 것에 대한 선택과 집중을 하기 위해서는 기본적으로 다양한 생각과 함께 다각적인 사고방식이 필요하다. 다채롭고 풍부한 직간접 경험도 중요하다. 이것이 책을 통한 경험과 함께 수반된다면 아주 바람직한 모습이 될 것이다. 그래서 다양한 분야의 책을 골고루 읽고, 공감해볼 필요가 있다. 어느 시기에는 어느 하나에 깊이 빠지는 것도 의미가 있고 필요하지만, 그러기 위해서는 다양한 생각의 틀 안에서 판단하는 것이 바람직하다. 내가 지금 너무 편식하고 있지는 않은지, 영양의 균형이 틀어져 있지는 않은지, 스스로 돌아볼 수 있어야 하겠지. 동시에 내 소화 능력은 어떠하며, 지금은 어느 수준인지 미리 잘 알아둘 필요도 있다.

오늘도 나는 무엇을 먹어야 할까. 어떤 책을 보아야 할까, 하는 고민에 빠져있다. 심각하고 신중한 고민이야. 마땅한 책이 없어서가 아니다. 지금 서점에 가면 보아야 할 책, 보고 싶은 책이 무더기로 나와 있지만, 나이가 들수록 부드러운 것만, 나에게 좋은 것만을 찾을까 봐 겁이 난다. 딱딱한 것도 먹어야 하는데, 이가 좋지 않다면 잘게 부수어서 먹든가, 침으로 천천히 녹여 먹든가 해야 할 것이고, 맛이 없더라도 꾹 참고 먹어야 할 일이다.

최근에 발간된 신간들도 좋지만, 역시 고전의 맛은 깊고 그윽할 것이다. 젊었던 시절, 다양한 분야의 책을 더 많이 읽었더라면 하는 아쉬움이 가득한 요즈음, 아주 오래전에 읽었던 소설들을 다시 꺼내 읽어보고 싶다. 그때의 감동과 지금의 감동에 큰 차이가 있음을 느끼는 것도 즐거운 일이다. 그 순간, 아, 나는 늙어가고 있구나, 하며 책장을 덮겠지. 그러나 기분은 좋을 것이다. 오늘은 토마스 하디의 『테스』와 황순원의 『나무들 비탈에 서다』를 책상 위에 꺼내놓았다.

눈높이 맞추기

단아야, 오늘은 재미있는 이야기를 하나 해볼까 한다. 수십 년 전에 어느 가정집에서 실제로 있었던 일이다. 아주 작고 소소한 일상의 것이지만, 한 가정의 가장이라면(잘난 가장이든 못난 가장이든) 한 번쯤은 생각해보아야 할 이야기가 아닌가 싶다. 서울 근교 어느 아파트에 세 살짜리 남자아이 하나가 있었다. 엄마, 아빠와 같이 셋이서 행복하게 살고 있었는데, 아이는 동네에서 소문난 개구쟁이였다. 극성맞을 정도로 까불고 활발했지. 그 나이 아이들은 다 그랬지만, 그 아이는 또래의 누구보다도 유난스러웠지.

그 나이에 세상 궁금한 게 한두 개였겠니. 밖에 나가서 돌아다닐수록 신기한 것들은 자꾸 많아져서 아이는 정신없이 한눈을 팔았고, 엄마의 손을 뿌리치고 혼자 이리저리 뛰어다녔다. 양 호주머니는 보이는 대로 주워 담은 작은 돌멩이들로 불룩했고, 제 손이 닿는 위치에 있는 꽃들도 꺾어 손에 들었다. 지나가는 강아지 쳐다보는 일에도 정신이 없었다. 강아지도 아이를 물끄러미 쳐다보았지. 지나가면서 발에 걸리는 것들은 한 번씩은 차보거나 건드려봐야 직성이 풀렸으니, 엄마는 아이에게서 잠시도 눈을 뗄 수가 없었지. 잠깐 한눈을 팔면 아이는 벌써 저만치 앞서 뛰어가고 있었으니 말이야. 그만큼 또 아이는 엄마, 아빠, 그리고 주변 사람들로부터 귀여움을 독차지하기도 했다.

아빠는 직장에 다녔으니까, 아이를 돌보는 것은 항상 엄마 몫이었다. 아빠가 출근하고 나면 엄마는 빨래하랴, 집안 치우랴, 매일 정신없는 시간을 보내야만 했다. 설거지하느라고 잠깐 아이를 보지 못하면 아이는 방안 여기저기를 돌아다니며 사고를 치는데, 자기 장난감과 동화책을 마구 어질러 놓는다든가, 개켜놓은 옷이나 수건을 이리저리 헝클어놓는다든가 하는 거였어. 엄마는 아이의 재롱과 귀여움속에 즐거우면서도 매일매일 고단하고 피곤했지. 같이 놀아주어야하고, 동화책도 읽어주어야 하고. 아무튼 아이는 그렇게 무럭무럭 잘자랐어.

여느 때처럼 아빠는 출근하고, 아이는 엄마와 같이 밥상 앞에 앉아서 밥을 먹고 있던 어느 날 아침, 세 살짜리 아이가 제 입보다 큰 어른 숟가락으로 제 입에 한가득 밥을 퍼 넣는 모습이 귀엽고 대견했던 엄마는 미소를 지으며 아이를 바라보았다. 그 순간이었어. 아이가 눈앞에 있는 어항을 쳐다보다가 별안간 제 손에 든 숟가락을 그 어항을 향하여 던지고 만 거야. 유리로 된 어항은 라면 박스 두 배만 하게 큰 것이었는데, 그 안에는 크고 작은 물고기들 수십 마리가 놀고 있었지. 아이가 던진 숟가락은 어항의 한가운데 아랫부분을 정확하게 맞혔고, 쨍! 하면서 순식간에 큰 구멍 하나가 뚫리고 말았어. 곧이어 뚫어진 구멍으로 물이 용솟음치기 시작했어. 고기 몇 마리가 물과 함께 쏟아져 나왔지. 아이는 놀란 토끼가 되어 휘둥그레진 두 눈알을 굴리며 엄마를 쳐다보았고, 엄마는 아연실색한 채, 아이를 쳐다보았어.

두 사람은 정신을 놓고는 잠깐 그렇게 서로를 쳐다보다가 이내 마구 솟구치고 있는 물구멍으로 고개를 돌렸어. 쭈욱 뿜어져 나오는 물과 함께 고기들이 빨려 나오고 있었지. 아이의 눈은 점점 커졌고, 얼굴에는 묘한 미소가 번지기 시작했어. 엄마는 너무 당황하여 벙어리가 되었다가 곧이어, 어머! 어머! 어떻게 해, 하는 비명을 지르며 어항으로 달려가 양손으로 구멍을 틀어막았어. 그러는 사이, 아이는 방바닥 이곳저곳에서 펄떡거리고 있는 고기들을 잡느라 정신이 없었지. 다행히 다친 사람은 없었어.

상상해 봐. 너무 재미있는 장면이 아니겠니? 엄마는 화가 치밀 시간도 없었어. 급히 막은 손가락 사이로 물이 새어 나오고 있는데, 손을 떼면 방바닥은 순식간에 물바다가 되고 말 것이고. 누군가가 양동이라도 가져다주어야 하는데, 아이는 방바닥에서 나뒹구는 고기를 잡느라 정신이 없었으니 엄마는 얼마나 황당했을까. 울고 싶어도 울음이 안 나왔을 거야. 어쨌든 엄마는 꼼짝 못 하고 소리만 지르고 있었지.

어떻게 되었을까. 결국 방바닥은 물바다가 되고 말았다. 엄마는 허둥지둥 사태를 수습하고 나서는 멀찍이 서 있는 아이를 불렀어. 아이는 겁에 잔뜩 질렸지. 제가 잘못한 것을 아니까, 이제 곧 혼날 것을 알고 있으니까. 엄마는 아이 이름을 다시 한번 조용히 불렀어.

주춤주춤 자기에게 다가온 아이를 엄마는 코앞에 세워놓고, 아이의 두 눈을 똑바로 쳐다보았지. 아이의 두 눈은 포도알보다 더 커졌어. 아침밥을 먹다가 별안간 한바탕 난리를 치르게 된 원인이 자기에게 있음을 잘 알고 있는 아이는 스스로 겁에 질려 딸꾹질이라도 하지 않았을까. 엄마 앞에 선 아이는 아무 말도 못 하고, 큰 눈알만 뒹굴뒹굴 굴리고 있었어.

엄마는 아이에게 이렇게 말했어. "그 안이 그렇게 궁금했어? 고기들이 막 돌아다니는 게 그렇게 궁금했어? 우리 아기, 그게 궁금했구나" 하면서 아이를 끌어안았지. 엄마는 아이를 야단치지 않았어. 조용히 웃으며 아이를 꼭 끌어안아줬지.

아이는 항상 어항 속이 궁금했다. 그 안이 훤히 들여다보이기는 했지만, 물속을 헤엄쳐 다니는 고기들이 궁금했고, 꼭 한번 만져보고 싶었던 거야. 손을 집어넣고는 마구 휘저어보고도 싶었을 거고, 고기들을 하나하나 꺼내놓고는 자세히 들여다보고 싶었을 거야. 그러나 엄마는 그것을 절대로 허락하지 않을 것이라고 아이는 스스로 판단했지. 곰곰이 생각해보니까, 그것은 안 될 것 같았던 거야. 그런데 엄마하고 밥을 먹던 그날 아침, 맞은편에 있는 어항의 고기들이 별안간 아이 눈에 크게 들여왔던 거야. 그 고기 중 큰놈 한 마리가 아이한테 무슨 말을 걸었는지도 몰라. 아마 그랬을 것 같아.

'쟤네들은 뭘까. 뭔데 저러고 다니지?'

평상시 그 안이 궁금했던 아이는 그 고기의 눈과 자신의 눈이 마주치는 순간, 그 고기를 향하여 손에 들고 있던 숟가락을 던진 거야. 순식간에 그렇게 된 거지. 그런데 그게 그렇게 정통으로 가서 맞을 줄이야. 물줄기가 쭉 뿜어지더니 정작 그놈은 나오질 않고, 작은 녀석들 몇 마리만 쏟아지는 물과 함께 아이 앞으로 쭈욱 미끄러져 온 거야.

아무튼 아이는 신이 났어. 야아, 너희들이구나, 너희들이야. 그것들을 잡으려고 아이가 손을 내밀었지만, 이리저리 미끄러지기만 했어. 아이는 더 신이 났지. 이렇게 신이 날 줄은 몰랐지. 물바다가 된 방바닥이 이렇게 미끄러울 줄은. 고기라는 것이 이렇게 미끄덩거릴 줄은.

그날 저녁, 아이 아빠가 돌아오자마자, 엄마는 그 난리의 현장을 녹화 중계했어. 부부는 배꼽을 잡고 웃었고, 아이는 영문도 모른 채

덩달아 웃었어.

그런데 요즈음 나는 이런 생각을 한번 해본다. 내가 그 난리의 현장에 있었다면 어떻게 했을까. 일단 급한 상황은 수습해야 하니, 허둥지둥 정리해나갔을 거야. 화가 머리끝까지 뻗치고, 속이 부글부글 끓어도 이성을 찾고 차분히 그렇게 했을 거야. 사태를 수습하고 나서는 아이를 불러 내 눈앞에 똑바로 세워놓았겠지. 그러고는 어떻게 했을까. 분명히 야단을 쳤을 거야. 맴매, 라고 하면서 손바닥으로 방바닥을 여러 번 때리고, 깨어진 어항을 가리키며 또 맴매를 여러 번 했을 거야. 너 때문에 고기가 다 죽었잖아! 너 때문에 어항도 깨졌잖아! 하며 아이를 쏘아보았을 것이고, 아이는 울고 말았을 거야. 그렇게 했을 내가 지금의 나라는 사실, 상상만 해도 무안하고 부끄럽기만 하다.

단아야, 내가 무엇을 얘기하고 싶은지 너는 똑똑하니까 벌써 눈치를 챘을 거야. 한 아이를 인격체로서 잘 키운다는 것은 참으로 힘들고 어려운 일이다. 그러나 대충 키우기는 참으로 쉽고, 나아가 망가뜨리는 것은 더욱 쉬운 일이다. 그냥 방치하면 그렇게 되고 마니까.

이 일을 돌이켜보면서 나는 이런 상상을 해본다. 그날 그 자리에 나는 없었지만, 다른 현장에 한없이 부족한 형태로 있었을 나의 모습을, 그런 나의 모습들을…… 살아가면서 나는 왜 그 사람의 처지를 생각해보지 못하고, 그가 처한 상황을 이해하려 하지 않았을까. 왜 그의 마음을 헤아려보려고 하지 않았을까. 왜 눈높이 한번 맞추어보려고 노력하지 않았을까.

아이를 키우는 일에서만이 아니라, 많은 사람과 만나며 얘기하며 사는 일에서도 왜 나는 그렇게 내 생각과 내 방식만을 주장하고, 그것만이 맞는 것이라고 고집을 피우며 살아왔는지, 그 사람의 관심이 무엇이고, 그에게는 지금 무엇이 필요한지, 왜 나는 그런 것들을 무시하며 살아왔는지 하는 생각에 마음이 무거워진다.

그를 배려하고, 그에게 관심을 두는 일에 나는 참 인색했구나. 이런 말을 나에게 하는 내가 쑥스럽지만, 한편으로는 다행이라는 생각도 든다. 단아야, 실망하지도, 포기하지도 말자. 잘못된 것이 무엇인지 아는 만큼, 잘되는 것이 무엇인지도 우리는 알 수 있을 것이니.

독침을 쏘는 나비

단아야, 오늘은 눈앞에 봄 햇살이 가득하다. 얼굴에 와 닿는 바람이 비단결처럼 부드럽고 포근하다. 벤치에 앉아서 하늘을 본다. 어디선가 나비가 날아올 것만 같다. 이렇게 계절은 때를 잊지 않고 우리를 찾아와 주는데, 우리는 그 감사함을 잊은 채로 살아간다. 당연히 올 것이 왔다고 생각하며 별 반응조차 없는 경우도 많다. 바로 우리 옆에서 자연이 오고 가는데, 우리는 참으로 무심하게 살고 있는 것 같다.

아파트 안에 있는 조그만 놀이터지만, 벤치가 있는 이곳은 그런대로 앉아 쉴만하다. 벤치 뒤로 나무 몇 그루가 사이좋게 서 있다. 오늘은 굳이 그늘을 찾지 않아도 좋다. 햇살에 눈이 부시면 조금 찡그리면 된다. 오가는 사람들이 멀리 보일 뿐, 아이들이 나와 놀기에는 아직 이른 시간인가 보다. 조금 있으면 이곳은 아이들과 엄마들로 조금 소란스러워지겠지.

이렇게 나만의 시간을 갖게 되면 나는 종종 지나간 시간 속에서의 나의 모습을 되돌아본다. 잘했던 일과 잘못했던 일 중에 잘못했던 일들만 생각이 나는 이유가 뭘까. 대부분 사람도 나처럼 그럴까. 그렇지만 그것이 그렇게 나쁜 것만은 아니라는 생각이 든다. 후회하고 반성할 수 있기 때문이다.

　지금까지 살아오면서 잘못되었던 생각과 행동들이 어디 한두 가지일까. 수백 가지가 넘어 미처 헤아릴 수도 없을 것이다. 기억나지 않는 것도 부지지수일 것이고. 아무튼 생각나는 것만이라도 돌이켜보고, 앞으로는 그렇게 하지 않으리라고 다짐해보지만, 그것 역시 장담할 수는 없는 일이다. 어쨌든 앞으로 그렇게 하지 않으려면 그 순간순간마다 잘 생각하고 판단하고, 행동하는 수밖에 없다. 그것이 말처럼 그렇게 쉬운 일은 아니겠지만, 항상 신중하게 생각하고 사려 깊게 행동할 수 있도록 노력해야겠다는 마음을 단단히 먹어본다.

　나는 평상시 말이 많은 편이었다. 말이 많다 보면, 좋은 말도 많이 하지만 나쁜 말도 많이 하게 되고, 진실도 말하지만 종종 거짓말도 하게 된다. 나는 이것이 말이 많은 사람들이 가지고 있는 어쩔 수 없는 단점이라고 애써 자위도 해보았지만, 그건 나를 합리화시키는 바보 같은 생각이었다. 어찌 말이 많은 사람이라고 거짓을 자주 말하고, 말이 적은 사람이라고 그렇지 않다고 할 수 있겠는가. 그래도 나는 치명적인 거짓말은 하지 않았고, 그저 살다 보니 하게 되는 소소한 거짓말을 조금 했다고 변명을 해보지만, 그것 역시 비겁하고 구차스럽기만 하다. 내가 더더욱 바보스럽게 느껴졌던 것은 그런데도 남들보다 유난히 착한 척했다는 점을 스스로 인지한 순간이었다.

말이 많은 사람의 경우, 다는 아니겠지만, 본의든 아니든 말실수가 생겨나기 쉽고, 주변 사람들과 오해가 빚어지면서 그게 쌓이다 보면 서로 간에 불신과 미움이 생겨나 인간관계가 나빠지고 만다. 특히, 나의 경우 가장 문제가 되었던 것은 말로 남에게 상처를 주었다는 점이다. 더욱 아프게 표현하면, 겉으로는 착하고 부드러운 척하면서 입 밖으로 나오는 말은 곳곳에 가시가 있어서 상대방의 마음에 생채기를 내고 마는 것이다. 가시 정도가 아니라, 종종 독침이기도 했을 것이다. 그때 왜 그랬을까, 하고 반성하다가도 아냐, 그럴 수밖에 없었어, 누구라도 그런 처지라면 그렇게 했을 거야, 하며 다시 나를 합리화시키고 마는 것이 여전히 나에게 남아있는 문제점이다.

사람은 누구나 자기의 생각과 행동을 정당화하고 싶어 한다. 과거에 잘못했던 자신의 그것에 대해서도 마찬가지다. 가능한 한 최대한 자신을 변호하고 옹호해보는 것이다. 그러나 스스로 괴롭고 힘들다. 이는 한 마음속에 선량한 것과 불량한 것이 공존하며 수시로 다투는 것과 같다. 대부분 사람은 자기의 생각과 행동이 잘되었던 것인지, 잘못되었던 것인지에 대하여 웬만큼 스스로 판단할 수 있다. 이성과 양심이 있기 때문이다. 평상시 사려가 깊은 사람이라면 스스로 잘 판단하고 행동하여 미래에 큰 후회를 남기지 않았을 것이다. 그러나 나는 그렇지 못했다. 당시의 내 생각과 행동에는 잘못된 것이 많아 지금까지도 아쉬움이 잔뜩 남아있다. 그것은 상황판단에 대한 미숙함을 넘어 이기적인 태도에서 나타나는 내 본래의 모습 때문이었다.

나의 문제점은 판단과 행동 사이사이에 독선적이고 불량한 말들이 녹이나 때처럼 끼어있다는 것이었다. 그것들은 모두 내 입에서 나온 독이었다. 남에게 아픔과 상처를 주는 것들이었다. 좋은 말만을 하며 살 수는 없겠지만, 왜 우리는 지나치게 가시 돋은 말을 하고, 불필요한 독설을 쏟아내는 걸까. 상대방을 무시해서 그러는 걸까. 내가 상대방으로부터 인정을 못 받아서 그러는 걸까. 아니면 아무도 관심 없는 내 열등의식 같은 것 때문에 그러는 걸까.

내가 잘 인지하지도 못하는 내 말속의 독침……. 그것은 나도 모르는 사이에 내 입을 통하여 상대방 가슴으로 날아가 그의 마음에 아픔으로 꽂혀버리고 만다. 굳이 안 해도 될 그 말들, 많은 말실수. 말로 상처를 주는 것은 어쩌면 그에게는 평생 마음의 아픔이 될지도 모른다. 내가 사라지더라도 그것은 그에게 지워질 수 없는 고통의 여진이 될 것이니까.

단아야, 언어폭력이라는 것이 반드시 난폭하고 저질스러운 폭언이어야만 하는 것은 아니다. 말로 상대방 마음을 아프게 하거나, 눈물이 흐르게 하거나, 상처 난 곳을 다시 후벼 파내는 일도 언어폭력이다. 의도적으로 악의를 가지고 그렇게 말한 것이 아니었다 하더라도 그것이 상대방에게 심적 고통을 주거나 자존감을 한없이 무너뜨릴 때, 언어는 심각한 폭력성을 띠는 것이다. 나의 부적절하고 불량한 말 한마디가 상대방에게 그런 고통을 준 적은 없었는지, 마음이 무거워진다.

우리가 말을 할 때 어느 경우에 어떤 단어를 써야 좋을지는 잘 몰라도, 어느 경우에 어떤 단어를 쓰면 안 될지는 상식적인 수준에서 어느 정도 알 수가 있다. 이런 것에 익숙해지려면 어떻게 해야 할까. 평상시 경솔하지 않고 신중한 사람이 되어야 한다는 것에 우리의 생각은 일치하겠지만, 언어도 습관이라는 점을 반드시 명심해야 하지 않을까. 습관이란 곧 연습과 훈련에서 온다는 사실도 잊지 말자. 별생각 없이 그동안 나의 마음에 고착되어버린 나쁜 언어가 있지는 않은지, 오래된 나의 생활습관, 언어습관을 한번 돌아봐야 할 것 같다.

단아야, 이제 곧 나비가 이리로 날아올 것이다. 나비는 누구에게나 반갑고 다정한 곤충이다. 그리고 나비는 독침이 없다. 저만치에서 어린아이들의 천진난만한 웃음소리가 들려온다. 빨리 나비가 보고 싶다.

열심히
말하기,
대충
듣기
___

사람은 말하는 것을 더 좋아할까. 듣는 것을 더 좋아할까. 이런 질문은 바보 같은 것일까. 성격에 따라 다 다를 것이고, 같은 사람이라 하더라도 그때그때의 기분과 분위기 등에 따라 달라질 수 있겠지. 일반적으로는 어떨까.

말하기와 듣기……. 사람들은 대부분 듣기보다는 말하기를 좋아하지 않을까. 가만히 앉아서 남의 얘기를 듣기보다는 자기가 누군가에게 열심히 얘기하는 것, 그것을 더 선호할 것 같다는 생각이 든다. 근본적으로 사람은 누구나 자기를 나타내고 싶어 하지. 그 방법이 우선은 말하기일 것이고, 그렇게 누군가를 향하여 자신의 의견을 드러내고 말을 함으로써 그러한 욕구를 어느 정도 채워가는 것이 아닐까.

비슷한 나이에 비슷한 체력을 가진 두 사람에게 한 사람은 계속 말을 하라고 하고, 한 사람은 계속 그 말을 들으라고 한다면 시간이 지나면서 누가 더 피곤해질까. 말을 듣는 사람이 그 피곤함을 먼저 느끼게 되지 않을까. 말을 하는 사람이 에너지를 더 많이 사용하고 있는데도 그 결과는 그렇게 나타날 것이 분명해 보인다. 말을 하는 사람은 점점 더 힘을 받아 신나게 말을 해나갈 것이고, 입을 다문 채 말을 듣는 사람은 점점 더 피곤해질 것이다. 한 사람은 계속 서서 말하고, 한 사람은 계속 앉아서 듣는데도 그렇다. 이는 무엇을 뜻하는 것일까.

남의 말을 듣는다는 것은 사실 무척 피곤한 일이다. 편안한 자세를 취하고 들어도 그렇다. 재미있는 내용이더라도 길어지기 시작하면 웬만한 끈기를 가지고는 버티기가 힘들다. 점점 지루해진다. 선생님은 선 채로 침을 튀겨가며 열심히 말을 하는데, 가만히 앉아 듣는 학생들은 존다. 공부는 좀 예외겠지만, 아무튼 시간이 지나면서 학생들은 슬슬 몸이 꼬이다가 졸음 속에 빠지고 만다. 지칠 사람은 장시간 에너지를 써가며 말을 하는 사람일 텐데 나타나는 현상은 정반대다.

사람들은 말하는 동안 지칠 줄 모른다. 특히 상대방이 자기 얘기를 열심히 들어줄 때는 점점 신이 나고, 기운은 더욱 넘치게 된다. 말하는 사람은 절대로 졸지 않는다. 서로 간에 자세를 바꾸어서 말하고 들어도 여전히 말하는 사람은 멀쩡한데, 듣는 사람은 피곤하다. 내 입은 다물고 남의 얘기를 듣는다는 것은 그렇게 힘든 일이다.

특히, 경청하기는 더더욱 그렇다. 귀를 바짝 세우고 집중해서 그 사람의 얘기를 들어준다는 것은 인내와 정성, 그리고 끈기가 따라야 하는 무척 어려운 일이다. 장시간 그렇게 한다면, 주제에 상관없이 들는 사람의 몸과 마음은 얼마나 피곤하고 견디기 힘든 일이 될까.

단아야, 우리는 살면서 남의 얘기를 들어야 한다. 그것도 잘 들어야 한다. 어쩌면 내가 말을 하는 것보다 더 많은 시간을 내어서 들어야 할지도 모른다. 대충 듣고, 생각하고, 판단하고, 행동하는 것이 아니라, 집중해서 듣고, 신중하게 생각하고, 사려 깊게 행동해야 한다.

그러나 많은 사람은 남의 얘기를 듣는 것에 인색하다. 자기 얘기를 먼저 하고 싶어 한다. 남의 주목을 받고 싶어 하고, 자기주장에 대해서 상대방의 동의를 이끌기 위해 온갖 애를 쓴다. 침이 튀고 입이 마르도록 열심히 정성을 다하여 상대방에게 말을 한다.

말하기와 듣기는 인간의 의사소통에 있어서 가장 중요한 수단이다. 우리는 이것을 잘해야 하고, 이것에 충실해야 하지만 내가 말하는 것만큼 인내심을 가지고 상대방의 말을 잘 들어야 한다. 이 조화가 잘 이루어지지 않을 때, 한쪽이 피곤해지다가 결국 둘 다 피곤해지고 마는 것이다.

어떻든 우리는 상대방과의 대화를 시작으로 하루를 열고, 하루를 닫는다. 말하기와 듣기를 잘하여 서로 덜 피곤하면서 좋은 의사소통을 해야 함은 매우 중요하다. 그러기 위해서는 상대방에게 말을 잘해야 할 것이고, 상대방의 말을 잘 들어야 할 것이다. 그러나 실제적으로는 어떨까. 오늘은 어땠을까. 그 반대가 아니었을까.

사람에게 입을 다물게 하는 것은 그를 무척이나 힘들고 괴롭게 하는 일이다. 계속 그렇게 한다면 고문이기까지 할 것이다. 그러나 상대방 말을 들으려면 내 입은 다물어야 한다. 마주 보며 같이 떠들 수는 없다. 그래서 상대방 말을 들을 때에는 그만한 인내와 끈기와 노력이 필요하다.

대부분 사람은 열심히 말하고 대충 듣는다. 특히, 경청하는 일에는 참 인색하다. 그만큼 어렵다는 얘기인데, 우리는 이 경청의 자세를 습관화해야 한다. 의사소통의 기본으로 삼아야 한다. 그러려면 나에 대해서는 인내와 격려, 상대방에게는 관심과 배려의 마음이 필요하지 않을까. 적극적인 경청의 자세는 상대방에게 자신의 문제점을 스스로 꺼내서 스스로 해결하게 만든다고 한다. 그저 묵묵히 들어주기만 해도 그렇게 된다고 한다. 정성을 다하여 그의 말을 들어준다는 것은 나에게는 몸이 뒤틀리는 고통을 주지만, 그에게는 막혔던 가슴이 뻥 뚫리는 기쁨의 순간을 준다. 이는 곧 그에 대한 나의 애정의 표시요, 관심과 배려의 표현인 것이다.

단아야, 이렇게 얘기하면서 지나간 나를 돌아보면 사실 부끄럽기 짝이 없다. 어쩌면 나는 그렇게 내 말만 열심히 하고, 상대방 말은 대충 들으며 살았는지 후회와 반성이 앞선다. 그때, 그 사람 말을 좀 더 들어주었더라면, 인내심을 갖고 조금 더 경청을 해주었더라면, 내가 변했을 텐데, 하는 아쉬움이 가득하다. 그보다도 나에게 더욱 좋은 일이었을 텐데, 하는 나 스스로에 대한 안타까운 마음이 쉽게 가시질 않는다.

'말하기와 듣기'는 서로 반대말이 아니다. 서로의 처지를 바꾸면, 말하기는 바로 듣기가 되고, 듣기는 바로 말하기가 되는 것이다. 듣기를 잘하면 말하기를 잘하게 된다. 상대방 말을 열심히 들어주면, 그 사람 역시 내 말을 열심히 들어주기 때문이다. 말을 하는 것보다 듣는 것이 더 피곤한 일이지만, 그래서 그것이 더 가치가 있는 것이 아닐까 하고 생각해본다. 앞으로 우리 사회의 모든 사람이 자신이 말을 하기보다는 먼저 상대방의 말을 들어주는 그런 모습을 가졌으면 좋겠다.

오늘 이 시간부터는 옆에 있는 아내의 말부터 귀담아듣는 자세를 가져야겠다. 아내의 말도 제대로 듣지 않는 사람이 밖에 나가서 누구의 얘기를 귀담아듣겠는가. 어느 고전에서 읽은 입은 하나지만, '귀는 두 개'라는 구절이 생각난다.

강박과 결벽에 결박된 사람 1

단아야, 사람의 성격처럼 복잡하고 다양하고, 이상하고 희한하고, 또 고치기 어려운 것이 있을까. 한 번 고정이 되면 평생 고치기 힘든 것이 사람의 성격일까. 심리학자나 정신과 의사들은 사람들의 성격을 크게 몇 가지 유형으로 분류해 놓는다. 모두 과학적인 근거와 통계를 가지고 오랫동안 연구한 결과이기 때문에 타당성이 있을 것이며, 그 각각의 성격에 따른 사고방식과 행동의 특성에 관한 연구, 역시 합리적일 것이다.

사람의 성격을 혈액형과도 연관 지어 설명하는 것 역시 고개가 끄덕여지는 부분이다. 사람들은 종종 자기의 혈액형을 먼저 인지하고, 그 보편적 특성에 맞게 스스로 행동하는 흥미로운 경우도 있지만, 아무튼 혈액형과 성격은 상호 관계가 있음이 분명해 보인다.

그렇다고 하더라도, 사람의 성격이란 같은 혈액형 내에서도 개인이 가지고 있는 지문처럼 모든 사람이 각각 다 다르다. 비슷할지는 몰라도 결코 같은 경우는 한 사람도 없는 그야말로 천차만별인 것이 사람의 성격일 듯싶다. 같은 카테고리 안에서도 또 서로 다른 것을 보면, 참으로 갖가지 색깔로도 표현할 수 없는 것이 바로 사람의 성격이다. 내성적인 것도, 외향적인 것도, 그 정도가 다 다르고, 본질적으로는 그런 부류라 하더라도 그때그때의 상황에 따라 드러나는 모습이 또 다 다르고, 한 사람이 그런 양면성을 동시에 다 가지고 있는 경우도 부지기수다. 그것이 바로 알다가도 모를 사람의 성격이다.

내성적이면서 외향적이고, 외향적이면서 내성적이고, 약간 이러면서 저렇고, 저러면서도 약간 이렇고……. 그것뿐만이 아니라, 이런 사람인 줄 알았는데, 어떤 때에는 전혀 예상과 생각 밖의 행동으로 또 주변을 놀라게 하는 사람들. 그들의 성격을 한마디로 얘기한다는 것은 무척 어려운 일이다. 이제는 가능하지도 않다. 앞으로는 더욱 그럴 것 같다. 시간이 지날수록 아직은 보지 못했던 새로운 성격의 소유자들이 나타날 수도 있기 때문이다. 그만큼 사람의 성격은 미묘하지만, 나는 대체적으로, 너는 대체적으로, 그 사람은 대체적으로 이렇다, 하고 얘기할 수는 있다.

남이 보는 나와 내가 보는 내가 같을까, 다를까. 대체적으로는 타인의 시각과 자신의 시각이 비슷하다. 나는 어떨까. 남들은 나를 보고 내성적이라고 한다. 나도 나를 그렇게 본다. 나는 내성적이다. 외부적으로 행동하는 것을 별로 좋아하지 않는다. 별로니까 아주 싫어하지는 않는 것이고, 할 때는 하는데 불필요하게 하지는 않는다는 뜻이다.

대체적으로 나는 말하기를 싫어하고, 글쓰기를 좋아한다. 말보다는 글이 좋다. 나가서 많은 사람을 만나서 말하고 행동하는 것보다는 혼자 생각하고, 행동하는 것을 좋아한다. 어려서는 많은 친구를 내 앞에 모아 놓고, 몇 시간씩 내 상상의 얘기를 해주기도 했다. 그것은 내성적인 것과는 조금 다른 것인가. 나는 툭 하면 잘 삐진다. 그러나 스스로 잘 풀어지기도 한다. 뚱하기보다는 싹싹하다. 어려서는 계집애 같다는 소리를 자주 들었고, 커서는 아줌마 같다는 소리를 들었으며, 지금은 역시 늙은 아줌마다.

그러나 나는 남자다. 조용하고, 차분하며, 이성적이다. 그러나 생각과 행동은 빨라서 종종 일을 그르친다. 아차, 하고 후회가 많은 편이다. 나는 참으로 계산적이다. 나에게 불리할 것 같은지 아닌지를 머릿속으로 부지런히 계산한다. 그러나 그것이 잘 들어맞지는 않는다. 친목 도모라 하더라도 마음에 들지 않는 모임에는 나가기 싫다. 정 나가게 되면 내 마음을 감추고, 남의 눈치를 살피다 돌아온다. 다들 그럴 것이라고 나는 생각한다.

나는 화려한 옷이 싫다. 야한 것이 싫다. 야한 연예인을 볼 때도 그렇다. '똥꼬 치마'를 입은 여자나, 속옷 같기도 하고 스타킹 같기도 한 까만색 쫄쫄이만을 입고 다니는 여자를 보면 눈살이 찌푸려진다. 나는 지나치게 고치는 것을 싫어한다. 나이 든 사람이 머리카락을 새까맣게 물들인 것이나, 눈을 인형같이 고친 젊은 여자를 보면 역시 마음이 불편하다. 나는 쌀쌀맞고 인정머리가 없다. 내가 신경을 쓰고 싶지 않으면, 내 바로 옆에서 어린아이가 구걸하고 있어도 나는 못 본체 지나간다. 인정을 과하게 베푸는 사람은 내 마음에 들지 않는다.

그러나 나는 박애와 사랑과 봉사가 중요하다고 생각한다. 그렇지만 행동은 잘되지 않는다. 나는 개인의 안정과 행복이 매우 중요하다고 생각한다. 나는 개인주의자, 이기주의자다. 남들도 다 그렇지 않은가. 그렇지 않고서는 이 사회를 살 수 없다고 나는 생각한다. 분명 나는 검소하고 근면하다. 성실하고 부지런하다. 이런 얘기는 남들로부터 자주 듣는다. 나의 장점은 끈기와 인내력이고, 단점은 창의력이다……

더 많은 것을 나열할 수 있지만, 대략적으로 나를 표현하자면 위와 같다. 문제점이 많든 적든, 심각하든 아니든 하여튼 이 얼마나 복잡한 성격의 사람인가. 어떤 혈액형 분류의 통계나 성격 분류의 통계가 나에게 들어맞을 것인가. 그런데 흥미로운 것은 아주 정반대의 성격들이 나에게 다 있다는 것이다. 내성적이면서 외향적으로 상충하는 성격의 요소들이 곳곳에 숨어 있다. 이럴 것 같은데 저렇고, 저럴 것 같은데 이렇다. 주관이 없어서 그런 것인가. 기회주의자여서 그런 것인가. 아닐 것이다. 사람의 성격이란 이렇게 희한하고, 묘하고, 복잡한 것이다. 그러나 심리학자들은 나의 이런 성격을 보고, 별로 어렵지 않게 나를 규정지을 수 있을 것이라는 데에 나는 동의한다. 그들은 그 분야의 전문가들이기 때문이다. 그들은 과학적인 도구와 방법을 통하여, 또한 장기간 연구의 결과로 만든 잣대를 나에게 들이밀 것이고, 그것을 내가 부인한다 해도 그들이 맞을 것이다.

단아야, 나는 정신과 의사나 심리학자를 만나 얘기를 나눈 적은 없지만, 분명 그들도 내 성격에 대하여 내가 내린 판단과 비슷한 판단을 내릴 것 같다. 그런데 위에 언급한 내 성격 중에 아주 중요한 것 하나를 빼놓았다. 환자가 얘기하지 않으면 의사가 결코 찾아낼 수 없는 진단 같은 것. 그것은 바로 '강박'이라는 증세다. 나는 강박증이 있는 사람이다. 언제부터 그것이 생겼는지는 나도 잘 모르지만, 아무튼 나는 다른 사람들에 비해서 강박증이 심한 편이라고 스스로 느끼고 있다.

사전을 찾아보면 '강박'이라는 것은, 어떠한 행동이 불합리하다고 느끼면서도 어떤 생각이나 관념에 사로잡혀서 억제하지 못하는 행위라고 되어있는데, 한 가지 행동을 똑같이 반복적으로 하는 행위도 그러한 강박이 가져다주는 결과일 것이다. 즉, 올바르고 정당한 행동을 하고 난 뒤에도, 그것이 잘못되어 있을지도 모른다는 생각에서 그것을 다시 반복하는 것이다. 문제는 이 같은 두 개의 사실, 즉 처음 자신의 행동으로 모든 것이 올바르게 잘되어있다는 것과 이것을 다시 반복할 필요가 전혀 없다는 것을 본인이 아주 잘 알고 있으면서도 이것을 반복하는 것인데, 당사자 역시 이것이 강박이라는 사실을 매우 잘 알고 있다. 그러면서도 고치지 못하는 것이다. 문제점을 스스로 잘 알고 있으면서도 고치지 못하고 있는 현실. 의사와의 상담 및 치료가 필요하겠지만, 스스로 고쳐볼 수 있다는 생각에 그렇게는 좀처럼 하지 않는다.

그 강박의 원천은 어디였을까. 유아기 때부터 생긴 것일까. 이 피곤한 세상을 살다 보니 점점 심해진 것일까. 그런 생각을 해보던 어느 날, 나는 내가 결벽증이 있다는 사실도 스스로 알게 되었다. 그래서 '결벽'이라는 단어를 사전에서 찾아보게 되었는데, 유별나게 깨끗한 걸 좋아하는 성질이나 버릇이라고 되어있는 그 정의를 보면서 나는 고개를 끄덕였다. 맞아, 나는 강박과 결벽에 결박된 사람이라고. 분명 어느 정도 단계에 진입해 있다고. 더 심해지면 치료를 받아야 할 것이라고. 문제는 그것을 스스로 잘 알고 있는데도, 그것이 나를 무척이나 피곤하게 만들고 있다는 것을 잘 알고 있는데도 고치려고 노력하기는커녕 내 마음이 시키는 대로 행동해 왔으니, 분명 나는 딱한 문제점이 있는 것이다.

이런 얘기를 의사가 들으면, 원래 정신질환이라는 것은 스스로 잘 알고 있는 병이라고 말해줄 것 같다는 것도 잘 알고 있다. 그래서 나 스스로 마음의 여유를 가지려고 애쓰며, 나를 잘 타이르며 살고는 있지만, 아무튼 단아야, 그것에 대하여 생각나는 대로 너하고 한번 얘기를 나눠볼까 한다.

강박과 결벽에 결박된 사람 2

강박이나 결벽을 꼭 병이라고 해야 할까. 현대인이라면 누구나 가지고 있는 집착적인 생각의 증세 중 하나라고 해야 할까. 정도의 차이는 있겠지만, 정신적 질환인 것만은 분명할 텐데, 대체적으로 많은 사람은 이를 잘 인지하지 못하고 사는 것 같다. 인지하고 있더라도 그다지 심각하게 생각하지는 않는 것 같다. 그 정도가 심한 사람도 적극적으로 병원을 찾지는 않는 것으로 보인다. 강박증이나 결벽증과 같은 증세는 예전에도 있었을 것이다. 다만, 요즈음과 비교해서 그 정도의 차이가 클 것이며, 그 심각성에 대해서도 지금과는 많은 인식의 차이가 있었을 것으로 생각한다.

심각한 질환이나 병으로까지는 보지 않는(이 같은 내 생각은 분명 잘못된 것이겠지만) 강박증과 결벽증……. 심해지면 당연히 전문가의 상담과 치료를 받아야 마땅하겠지만, 대부분 사람은 어느 정도의 그것들을 가지고 이 세상을 살아간다. 또 자신이 그렇게 인지하고 있는 것과는 무관하게 어느 수준까지는 스스로 면역이 되어있는 사람들도 많다.

깨끗하고 청결한 것을 싫어하는 사람이 어디 있겠으며, 더러운 것을 좋아하는 사람이 또 어디 있겠는가. 모든 것이 그 정도가 지나치면 문제가 되는 것이겠지. 자기가 한 행동의 결과를 다시 확인해서 보다 정확하고 확실하게 해두는 것을 꼭 나쁘다고만 할 수 있겠는가. 그러나 이러한 반복적 생각과 행동이 지나치면 집착이 되고, 더 깊어지면 강박과 결벽이 되는 것일 텐데, 더더욱 심각한 것은 이 둘은 사춘기 남녀처럼 서로 자주 만나게 되어있으며, 이렇게 만나게 되면 그것들의 정도는 더욱 심화되는 현상을 나타낸다는 것이다. 나쁜 시너지 효과가 나타나는 것이다. 그래서 그것들의 주인인 그 사람은 생각과 행동에 있어서 몹시도 지치고 피곤해진다. 아무튼 이것은 정신이 건강하지 못하다는 증거이기도 하다.

단아야, 지금 네가 들으면 어이가 없어 웃음이 나올 이야기 하나를 해볼까 한다. 아주 오래전에 있었던 나의 이야기인데, 다시 생각해보려니 나도 쓸쓸한 웃음이 나오고 마는구나. 우리 아이가 한 살도 채 못 되었을 때의 일이니까, 수십 년은 훌쩍 넘은 까맣게 때가 묻은 이야기야.

거실에 있던 아이가 엉금엉금 기어서 변기 쪽으로 다가갔다. 나는 막 화장실에서 큰일을 보고 나왔는데, 물 내리는 것을 깜빡하고 말았지. 어느 틈인가 아이는 그 변기 속으로 손을 넣어 두어 번 휘익 젓고는 제 손가락을 빨아먹은 거야. 이 광경을 본 순간, 나는 너무 놀라서 아무 말도 못 했어. 잠시 멍 허니 아이를 바라보았지. 너무 당황해서 아이와 눈이 마주칠 때까지 그러고만 있었어. 물론 잠깐이었지만, 내 모습을 보며 아이도 무척이나 놀랐나 봐. 그것도 잠시, 아이가 다시 변기 속으로 손을 넣으려고 하는 순간, 나는 소리를 버럭 지르며 아이에게 달려갔고, 아이는 내 소리에 놀라 울음을 터뜨리고 말았지.

나는 아이를 야단쳤어. 물 내리는 것을 깜빡했던 나를 탓하기 전에, 이곳저곳 기어 다니는 아이를 제대로 살펴보지 못한 나를 탓하기 전에 아이부터 야단쳤지. 왜 더러운 것을 먹었냐고, 아이한테 큰소리를 내고 만 거지. 참 한심한 아빠였어. 말귀도 알아듣지 못하는 아이를 야단부터 쳤으니 내가 얼마나 한심했을까.

아무튼 그 한심한 아빠는 아이를 옆구리에 낀 채 흐르는 수돗물에다가 아이 입을 헹구기 시작했어. 마치 내 입이 그런 것처럼. 비누칠을 열심히 해서 여러 번 반복해서 말이야. 나의 잠자고 있던 결벽증세가 작동하기 시작한 거지. 그날 아이의 입 주변은 다 해졌을 거야. 입술과 인중, 턱 등 입 주변이 뻘겋게 달아오르기 시작했어. 아이는 고통을 참지 못하고 큰 소리로 울고. 아이 입속으로 내가 들어갈 수만 있다면 분명 그렇게라도 해서 아이 입속을 청소했을 거야. 그 인정사정없는 결벽증…….

똥 좀 찍어 먹었다고 사람이 죽을까. 병에 걸리고야 말까. 그렇지 않다는 것을 나도 상식적으로 잘 알고 있었지만, 내 생각이 나를 그렇게 만들고 만 거야. 아이는 기어 다니다가 우리가 못 보거나 안 보는 사이에 죽은 벌레도 집어먹었을 거고, 산 벌레도 제 입안에 넣어 봤을 거야. 조금 커서 밖에 나가게 되면 흙 위를 뒹굴며 그것보다 더 끔찍하고 더러운 그 무엇을 그렇게 했을지도 모르지.

결벽증이 심한 사람은 자신의 청결 외에도 남의 청결에 대하여 자신의 것 이상으로 신경을 쓰며 살게 돼. 그 정도가 더욱 심해지면 이 결벽증은 거의 병적으로 반응한다고 할까. 그 이후로 나는 한동안 변기 물을 두 번씩 내리곤 했지. 이것은 강박이었어. 결벽으로 생긴 강박증이었지. 그런데 문제는 이미 얘기한 것처럼 이런 문제점들을 본인 스스로도 인지하고 있다는 거야. 일상생활 속에서 스스로 인지하면서도 고치지 못하고 반복하고 마는 것이지.

단아야, 결벽증과 강박증에 대하여 내가 더는 설명하지 않으려고 한다. 심리적으로, 의학적으로 깊이 들어가면 집착이라든가, 억압이라든가 하는 등 자아와 성장에 관한 정신적 문제까지를 짚어볼 수 있겠지. 나는 그 분야의 전문가도 아니고, 아는 지식도 별로 없어. 단지 상식적인 수준으로 그것을 이해하고 있을 뿐이다. 너무 청결한 것을 원하고, 너무 완벽한 것을 바라는 마음이 이러한 잠재적 강박과 결벽증세를 부추기고 악화시키는 데에 큰 영향을 준다는 것에 우리는 주목할 필요가 있다. 항상 과한 것이 문제라고 생각하지만, 잘 고쳐지지는 않는다. 거기에다가 항상 바쁘기만 한 일상생활 속에서 쫓기는 듯한 현대인들의 불안하고 초조한 마음 상태가 그런 현상을 더욱 부채질할 수도 있을 것이다. 또한, 불확실한 우리의 미래가 주는 불안감도 이에 한몫하는지도 모르지.

아무리 여러 번 샤워해도 불결한 그 무엇이 붙어있는 것 같아 샤워를 반복해서 하다가 몸 이곳저곳의 살갗이 벗겨져 결국 피부감염으로 사망하고 말았다는 어느 미국인 강박 환자의 사례를 들으며, 강박과 결벽이 주는 결과는 참으로 심각하다고 나는 생각했어. 그것의 결과는 정신적 파멸을 가져다줄 정도로 비참한 것이라고. 더 문제가 될 수 있는 것은 나뿐만이 아니라, 남들도 그럴 것이라는, 그래서 슬그머니 그런 자기를 자위하는 자신만의 생각이야. 딱한 자기의 모습이지.

현대인은 누구나 어느 정도의 강박과 결벽에 대한 증세가 있다는 것도 맞는 이야기고, 그것이 심각한 수준에 이르면 사고방식에 파열이 생긴다는 것도 맞는 이야기다. 우리를 둘러싼 생활환경이 과거에 못지않은 정신적 압박과 억압을 불러온다는 것도 다 맞는 이야기다. 그 피로감 때문에 개인은 점점 자기의식 속으로 고립되고, 대인관계가 어려워지는 것도 사실이다. 강박은 그런 환경 속에서 우리 무의식 속에 자리 잡고, 우리를 의식적으로 힘들게 하고, 결벽은 강박 속에 숨어 있다가 수시로 그 모습을 드러내 역시 우리를 힘들게 한다.

단아야, 이 세상을 살아가려면 어느 정도의 정신적인 압박과 억압, 그리고 갖가지 스트레스를 피할 수는 없다. 다만, 그것을 어떻게 풀어 가며 살아갈 것인가에 우리는 신경을 써야 하지 않을까. 건강한 마음 이 생기기 위해서 우리는 어떻게 해야 할까. 치료를 받기 전에, 내가 먼저 스스로 노력해야 할 것은 무엇일까. 개방적일 것 같지만, 자세히 들여다보면 매우 폐쇄적인 이 사회에서 내가 먼저 마음을 열면 좀 낫 지 않을까. 관심과 배려를 가지고 서로를 다독여주면서 살아가면 좋 지 않을까. 지속하는 삶의 긴장감 속에서도 우리 스스로 그에 의연히 대처해나가는 내성을 길러야 하지 않을까.

나는 이렇게 얘기하고 싶다.

"나에 대해서는, 견뎌라, 잊어라, 그리고 때로는 무시해라. 남에 대 해서는, 다독여주어라, 격려해라, 그리고 인정해주어라."

불량한 아빠

이런 사람이 또 어디에 있을까. 아무리 상황판단이 안 되고, 남을 배려할 줄 모르고, 평상시 생각이 짧은 사람이라 하더라도 남자라면 막 들이닥친 급박한 위기상황 속에서 본능적인 순발력이 발휘될 텐데, 당시 그 사람은 왜 그렇게 하지 못했을까. 왜 그것이 안 되었을까. 단아야, 오늘은 그런 바보 같은 아빠 이야기를 한번 해보려고 한다. 그 아빠가 바로 나였다는 사실에 나는 지금도 여전히 부끄럽다.

아이가 엉금엉금 기어 다닐 때였으니까, 꽤 오래전의 일이다. 당시 우리는 젊은 아빠, 엄마였다. 아이는 한없이 귀여웠지. 온갖 호기심으로 가득 찬 큰 눈동자는 포도알같이 예뻐서 아이 눈을 들여다보고 있노라면 시간 가는 줄 몰랐어. 아이는 두 무릎이 다 해져나갈 정도로 쉴 새 없이 집안 이곳저곳을 휘젓고 다녔다.

그날 저녁, 나는 마루에 있는 소파에 앉아서 신문을 보고 있었고,

아내는 부엌에서 저녁 준비를 하고 있었지. 마침 내가 좋아하는 칼국수를 만드느라 아내는 가스레인지 위에 물을 올려놓았고, 아이는 마루 여기저기를 기어 다니고 있었어. 칼국수처럼 빨리 만들 수 있는 음식은 별로 없을 거야. 끓는 물에 국수를 넣어 삶은 뒤, 적당한 양념을 넣어 잠시만 끓이면 오케이.

아내가 한바탕 끓기를 마친 칼국수를 냄비째 그대로 잠시 마룻바닥에 내려놓았는데, 그새 아이가 기어가서는 제 손을 그 뜨거운 칼국수 속에 풍덩 담가버린 거야. 아뿔싸, 이 일을 어쩌나? 나도 보지 못하고, 아내도 보지 못하고, 까르르 숨넘어가는 아이의 비명을 듣고 나서야 상황을 파악한 우리는 정신이 없었어. 아이는 숨도 제대로 쉬지 못하고 까악, 까악. 아내는 아이를 부둥켜안은 채 벌벌 떨었고, 나는 일어선 채 멍 허니 그 광경을 바라보고만 있었어. 내 머릿속에는 '빨리, 빨리, 어떻게 해봐! 차가운 물! 아니, 뭐하고 있어? 어서 빨리!' 하는 소리만 뱅뱅 돌고 있었고, 아내만을 쳐다보았지.

순간, 아내는 정신을 차리고 아이의 팔을 높이 치켜들고는 입은 옷 그대로, 거의 속옷 차림으로(집에서는 대충 그렇게들 입고 있었으니까), 신발도 제대로 챙겨 신지 못한 채 집을 뛰쳐나갔어. 바로 택시를 집어 타고, 근처 병원으로 달렸지. 아내의 눈에는 아무것도 안 보였을 거야. 방금까지 펄펄 끓었던 칼국수 속에 솜보다 보드라운 아이의 팔이 들어갔으니, 이를 어쩌면 좋을까. 아내는 눈앞이 캄캄하다 못해 수십 번은 더 곤두박질쳤을 거야. 나는 마루에 선 채 아내를 쳐다보면서, "얼른, 얼른!" 하고 소리를 지르며 이 광경을 지켜보고만 있었지. 정말 다행히도, 하늘이 돌보아 주셨는지 아이의 상처는 치료가 잘되었어. 살갗이 모두 벗겨졌지만 감염되지는 않았고, 흉터도 남지 않았지. 아이는 한동안 팔에 두꺼운 붕대를 맨 채 기어 다녔지만, 정말 다행이었던 사고였어. 이렇게 무사히 잘 끝난 것은 하늘이 돌본 것이 아니라, 아이를 둘러업고 맨발로 뛴 아내 덕분이었지. 그날, 내 마음에는 영원히 지워지지 않을 못나고 딱한 상처가 생기고 만 거야.

단아야, 네 머릿속에 이 광경을 한번 그려보아라. 고통인지조차도 분간할 줄 모르는 아이는 새파랗게 질려 비명 한마디 못 지르고, 그런 아이를 부둥켜안고 맨발로 집을 뛰쳐나가는 엄마, 뒷짐 진 채로 마루에 서서 아내에게 소리만 질러대는 아빠. 이게 무슨 가부장적 봉건사회도 아니고, 아무리 부성은 모성보다 약하다지만(요즈음 부부들에게 이런 말은 이해가 되지 않는 헛말이라는 것을 알면서도 이런 변명을 늘어놓는 내가 낯이 없지만), 어떻든 나는 절대 위기 속에서 제대로 대처하지 못하고 있었고, 이렇다 할 남자다운 행동은커녕 여자보다 못한 모습을 보였으니 이 얼마나 부끄러운 일이었던가. 내가 아이를 들고 뛰었어도 부족했을 텐데 말이야.

촌각을 다투는 일이라면, 속옷에, 맨발에, 택시를 잡는 일이라면 당연히 여자보다는 남자가 훨씬 잘할 수 있는 것인데, 왜 나는 허둥지둥하는 여자를 보며 소리만 지르고 서 있었을까. 당시의 내 머릿속에는 어떤 생각들이 맴돌고 있었을까. 그런 것은 여자가 하는 일이라는 생각을 하고 있었던 것일까. 그 정도 일에는 남자가 나설 필요가 없다는 판단을 했던 것일까. 아내가 알아서 하고 있으니, 나는 구태여 나설 필요가 없다는 생각이었을까. 그 모든 생각이 똘똘 뭉쳐서 내 머릿속에 들어있었거나, 아니면 백치처럼 아무 생각도 없었을 거야.

백번 양보하여 내가 아내보다 순발력이 없다든가, 행동이 느려 터졌다든가 하면 다소 이해는 될 수 있을까. 사실은 전혀 그렇지도 않으니, 변명의 여지는 전혀 없는 것이었어. 누가 보더라도 당시 나의 행동은 이해가 될 수 없는 것이 틀림없었지. 평상시 배려가 없고 수비적이고 소극적인 내 생각과 행동이 그대로 드러난 것이었으니, 입이 열 개라도 무슨 말을 하랴? 그것도 자식과 아내에게 그러했으니.

이 사건으로 우리는 한동안 우리들의 또 다른 모습을 들여다볼 수 있었지. 나는 나대로, 아내는 아내대로 자신의 모습과 상대방의 모습을 바라보면서 고개를 저었고, 또 고개를 숙였어. 며칠 뒤, 나는 다시 한번 그 전 과정을 돌이키면서 자성의 시간을 가졌지. 어떻게 하면 이렇게 일그러지고 만 나의 모습을 조금이라도 펼 수 있을까. 자존심 문제를 떠나서 아내와 자식 앞에서의 내 모습이 한없이 거북하고 창피했어. 그 사건은 나에게 매우 고통스러운 것이었지만, 그만큼 뼈아픈 의미가 있는 것이기도 했지.

단아야, 요즈음 나 같은 아빠들은 없겠지. 저 명왕성에서 온 외계인이 아닌 이상 말이야. 요즈음 아빠들은 엄마들보다 더욱 진한 모성을 가진 엄마들일 것이야. 그들의 대부분은 가족을 위해서라면 요리법을 직접 배우고, 집에서 앞치마를 두르는 것을 마다하지 않을 거고. 가족의 누군가가 위험 상황에 빠졌을 때, 이에 대처하는 태도는 두말할 필요가 없을 거야.

아직도 나 같은 아빠들이 있다면, 꼭 한마디 해주고 싶어. 가정의 모든 일에 보다 능동적이고 희생적으로 되라고. 그러려면 항상 관심을 품고 배려하라고. 잘 안 되면 차라리 공격적으로 되라고. 오늘 횡단보도를 건너며 캥거루 주머니에 아기를 담아 앞가슴에 둘러맨 젊은 아빠를 보았다. 그 모습이 그렇게 대견할 수가 없었어.

우리,
깜보처럼

단아야, 네가 결혼을 하고 아이를 가질 즈음이면 우리 사회는 또 얼마나 많이 변해 있을까.

사회라는 것이 그렇게 급작스럽게 변화되지는 않겠지만, 삶의 환경과 패턴이 바뀌고, 그에 따라 사람들의 사고와 가치관도 바뀌고, 새로운 생각이 예전의 생각들을 대체시켜나갈 때, 우리는 종종 이러한 변화의 소용돌이 속에서 혼란스러움을 겪기도 한다. 특히 IT 산업 분야에서의 변화와 발전은 항상 우리의 생각을 앞질러 갔으니까, 그때쯤이면 우리는 또 어떠한 놀라움 앞에 직면해있을까. 자못 궁금해진다.

새로운 아이디어와 신기술, 그에 따른 제품에 관심이 쏠리게 되고, 사고방식의 변화와 의식의 전환, 역시 관심의 대상이 될 것이다. 그러나 아무리 과학과 문명이 발달하고, 생각이 바뀐다 해도 변하지 않는 것은 무엇일까. 신? 자연? 운명? 그리고 이것들을 노래하고 찬양하고, 의심하고 경외하는 예술? 철학? 아니면 무엇이 있을까.

나는 감히 인간관계의 어려움이라고 말하고 싶다. 너무나 당연한 거라 꺼내기조차 쑥스러운 말이지만, 사실 인간관계에는 이렇다 할

시니어가 주니어에게

답이 없다. 동서고금 대대로, '이것이 인간관계의 정석이다'라고 명확하게 정의되는 그 무엇이 없다. 의견들만이 있을 뿐이다.

서로의 생각과 목적이 다른 이해관계 위에서 꼬이고 풀리고, 또 꼬이고, 연관된 사람들이 많을수록 꼬인 것은 더욱 단단하게 뭉쳐져서 우리들의 인간관계는 한층 복잡해진다. 인간관계라는 것이 꼭 어떤 이익과 손해의 계산 위에서만 이루어지는 것은 아니지만, 아무튼 나에게 피해가 되는 일은 피하고 싶을 것이다. 그런 기본적인 생각 위에서 우리는 사람을 만나고, 얘기하고, 고집을 피우다가 양보도 하게 된다. 세상은 나 혼자서만 살아가는 사회가 아니기 때문이다. 그만큼 인간관계는 어렵다.

이러한 인간관계는 아무리 긴 시간이 흘러도, 아무리 신인류가 나타난다 해도 변함없이 계속해나가야 하는 사람들의 영원한 숙제다. 잘 풀어야 하는 그 무엇이다. 이러한 말속에는 인간관계를 원만하게 잘 맺으면서 같이 살아가야 한다는 뜻이 들어있다. 이제는 말하기도, 듣기에도 너무 식상하지만 '원만한' 인간관계…….

삶의 목표는 궁극적으로는 하나다. 너무 뻔하고, 좀 저급하고 천박하게 들릴지 모르겠지만, 잘 먹고 잘사는 것이다. 그 말속에는 인간 욕구의 최상위단계인 정의롭고 고귀한 자아실현의 의미도 널리 포함되어 있다. 그러나 같은 목표지만, 사람들은 개인마다 각기 다른 성격과 사고방식을 가지고, 각기 다른 방법과 수단을 동원하기 때문에 공동체 내에서의 각자의 이해는 얽히고설켜서 다툼이 벌어질 수밖에 없다. 그만큼 원만한 인간관계 맺기란 많은 사람에게 직면한 쉽지 않은 문제다. 그러한 인간관계 속에 기쁨과 슬픔이 있고, 신뢰와 배신도 있다. 인간관계를 통하여 문화가 발전하고, 그것을 통하여 한 문화가 쇠퇴하기도 한다. 죽고 사는 문제, 역시 궁극적으로 마찬가지다. 우리는 이러한 인간관계를 통하여 내가 인간이 되기도 하고, 비인간이 되기도 하는 것이다.

어떻게 하면 좋은 인간관계를 맺어나갈 수 있을까. 멀리 볼 것도 없고, 여러 사람과의 관계를 생각해 볼 것도 없다. 바로 내 옆에 있는 사람, 그가 내 연인이든 배우자든, 친구든 동료든 그와 나와의 관계를 생각해보면 쉽다. 그는 바로 내 옆에 가까이 있는 사람이지만 살아온 환경, 서로 다른 경험, 상이한 성격으로 인하여 그는 가까이에 있는 남이다. 배우자라고 하더라도 그렇다. 그와의 관계부터 원만하게 만들어나갈 필요가 있다.

단아야, 나는 철학자도 종교가도 아니다. 선생님도 아니다. 그래서 나는 이런 말을 이렇게 쉽게 할 수 있는지도 모른다. 원만한 인간관계를 가지라고. 좋은 인간관계를 맺으라고……. 그렇게 하려면 어떻게 해야 하는지는 이미 훌륭한 많은 분이 여러 번에 걸쳐 좋은 의견들을 제시해 놓았기 때문에 내가 여기서 할 말은 없다.

코를 흘리며 동네 골목길을 뛰어다니던 시절, 내가 초등학교 저학년에 다닐 무렵이었다. 동네 친구들과 밖에서 노는 것이 방과 후의 내 생활의 전부였으며, 팽이와 딱지와 구슬은 우리 인생에 있어서 매우 소중한 보물이었다. 이것들만이 이 세상을 구할 우리들의 유일한 믿음이었다. 우리는 그것들을 담은 종지 그릇을 신줏단지보다 귀하고 성스럽게 여겼다. 우리는 매일같이 친구들과 골목길에 모여서는 이 성스러운 것들을 따먹는 놀이에 열중했다.

이것이 우리 인생에 있어서 얼마나 중차대한 일이었는지. 내가 가지고 있던 그것들이 남의 수중에 다 넘어가 빈손이 되었을 때, 나는 울분을 삼키고 토하다가 집으로 돌아와서는 이불 위에 몸을 패대기치고 한없이 울었다. 그런데 어느 날, 나는 내 것을 다 따 간 그 적군들이 그동안 치밀하고 은밀한 연합작전을 펴고 있던 것을 알게 되었다. 그것은 다름 아닌 부족한 수량을 그때그때 서로 빌리고 빌려주면서 실탄이 떨어지지 않도록 도와주고 있는 것이었다. 그들은 '깜보'였다. 깜보를 맺은 사이였던 것이다.

깜보……. 비속어까지는 아니지만, 그렇게 느껴지는 이 단어는 피부가 그을려서 얼굴색이 좀 검은 친구, 또는 친한 친구나 격이 없는 친구를 뜻한다고 한다. 이것은 최근에 알아본 뜻이지만, 당시의 깜보란 서로 동맹을 맺은 친구를 의미하는 것이었다. 깜보를 맺으면 한쪽이 어려울 때 다른 한쪽이 돕는다. 구슬이나 딱지 등 급할 때는 서로서로 빌려주기도 한다. 깜보끼리는 작전도 같이 짜고, 서로 공조하여 상대방에 대항하기도 한다. 소위 깜보 간 합동작전인데, 이러한 작전은 거의 100% 성공하게 된다. 물론 상대방에게 이를 대놓고 공개하지는 않는다. 깜보는 자기들끼리만 알게 은밀히 맺는 것이다.

깜보를 걸면 깜보끼리 전리품을 공평하게 나누기도 하고, 깜보를 풀면 그냥 보통의 친구로 되돌아가는 것이니 이 얼마나 효율적이고 신나는 일인가. 반면에 이런 깜보를 대항해야 하는 친구에게는 이 얼마나 치사한 일인가. 물론 그도 깜보를 만들어 대항하면 된다. 깜보란 서로 합의가 되어야 맺는 것이어서 성향이나 성격이 비슷한 아이들끼리 맺는 경우가 많다.

그렇지만 그때의 필요성에 의해서 어제의 적이 오늘의 깜보가 될 수도 있고, 다시 그 반대가 될 수도 있다. 그러나 일단 깜보가 된 이상, 그에 합당한 의리와 의무는 반드시 지켜야 한다. 서로를 아껴주고 돌보는 원만한 인간관계를 유지해야 하는 것이다. 학교 수업을 마치고 집으로 돌아올 때는 몸이 튼튼한 깜보가 몸이 아픈 깜보의 가방을 들어주기도 한다.

단아야, 깜보의 이러한 정신은 바로 친구의 정신이고, 반려자의 정신이다. 자기의 그때그때의 실리를 따져서 깜보를 맺고, 수시로 그 깜보를 바꿔가며 살라는 말이 아니다. 살다 보면 그럴 수도 있겠지만, 나는 깜보의 이러한 기본정신을 언급하고 싶다. 이 깜보의 정신이 우리 가정에, 우리 사회에 필요하다고 나는 생각한다. 우리 사회의 구성원들이 이 깜보의 정신으로 살아간다면 얼마나 좋을까. 원만한 인간관계는 이러한 깜보의 정신에서 시작되는 것이 아닐까 하는 생각이 든다.

특히, 부부 사이에 있어서는 더욱 그러하지 않을까. 아이 키우고, 음식 준비하고, 청소하고, 빨래하는 일에 일찌감치 남녀의 차별이 없어지고, 모든 것이 평등하고 동등한 요즈음 이 세상에 부부는 이 깜보의 정신으로 살아갈 필요가 있다.

서로의 가방을 들어주었던 것처럼 무거운 짐을 나누어 들고, 서로의 미래를 같이 고민하며, 삶의 전략을 같이 짜서 실천하는 친구처럼 살아간다면 우리의 삶은 더 즐겁고 기쁘며, 그 발걸음은 한층 가볍지 않을까. 오늘은 그 깜보들이 그립다.

내가 가장
어려워했던
단어

성격이나 습관, 태도의 장단점을 나타내는 많은 단어 중에 나에게는 어떤 단어들이 적합할까. 어느 것이 맞는 것일까. 자기소개서에 사람들은 자기의 장단점을 어떤 단어들로 메울까. 빈칸을 보며 잠시 머뭇거릴까, 아니면 별 주저함 없이 써 내려갈까. 자기의 몸과 마음의 상태를 가장 잘 알고 있는 사람이 바로 자신인 것처럼 자기의 장단점 역시 자신이 가장 잘 알고 있겠지만, 어떤 사람은 잠시 머뭇거리기도 할 것이며, 어떤 사람은 항상 준비했던 것처럼 별 망설임 없이 그 칸을 메우기도 한다.

자기의 장단점은 성장하고 나이가 들어가면서 서로 바뀌기도 하고 없어지기도 하며, 새로운 것들이 나타나기도 한다. 쉽게 그렇게 되지는 않겠지만, 살다 보면 그런 경험을 하게 된다. 학창시절의 그것과 성년이 된 후의 그것이 다르기도 하다. 물론 이는 사람마다 다를 뿐 아니라, 동일한 사람이라 하더라도 그 시기에 따라서 달라지기도 할 것이다.

단아야, 자기소개서 상에 자기의 장단점을 적으라고 하면, 너는 각 각 무어라고 쓰겠니? 무엇이 나의 장점이고, 무엇이 나의 단점일까. 지금까지 나는 숱한 지원서와 자기소개서에 나의 장단점을 수백 번 은 써온 것 같다. 별 어려움 없이 그 칸을 쓱쓱 메웠지. 평상시 나는 나의 장단점을 잘 알고 있었으니까.

사실 그것을 쓸 당시의 단점은 많은 시간이 지난 후에는 장점이 되어야 하고(장점이 다시 단점이 되면 안 되겠지만), 어쩌면 새로운 단점 이 나타나야 하는 것이 성장해가는 사람의 과정일 텐데, 나의 장단점 은 유감스럽게도 십수 년 동안 변함이 없었다. 특히, 단점에 대하여 그동안 내가 스스로 발견해서 남들 앞에 공개한 그것을 없애거나 고 치려고 노력하지 않고 아직도 가지고 있다는 사실에 부끄러움을 느 껴야 하는 것이 마땅할 텐데, 이 시간에도 나는 여전히 똑같은 단점 을 그대로 쓰고 있으니 참으로 나는 뻔뻔하다.

일반적으로 사람들은 자기의 장단점을 무어라고 생각할까. 잘 살 펴보면, 사람마다 크게 다르지 않다는 것을 알게 되는데, 이는 꽤 흥 미로운 사실이 아닐 수 없다. 많은 사람은 자기의 장점으로 책임감, 사명감, 근면, 성실, 인내심 등을 꼽고, 단점으로는 주로 창의성, 창조력, 기획력, 개척 능력 등을 꼽는다. 그것은 마치 취미가 뭐냐고 묻는 칸에 대부분 사람이 독서나 영화 관람이라고 쓰는 것처럼 전체적으로 비슷하다.

이러한 결과는 나라마다 다를 수도 있고, 국민성에 따라 상이할 수도 있겠지만, 그렇게 큰 차이는 없을 거라는 생각이 든다. 대체적으로 사람들은 창의성이나 창조력, 기획력 등을 통한 새로운 발상, 미개척 분야에의 도전 등을 어려워하고, 책임감과 의무감을 가지고 성실 근면한 자세로 열심히 노력하는 것을 자기의 강력한 장점으로 내세우곤 한다. 나 역시 마찬가지다. 어찌 보면 사람들이 언급하는 단점들은 타고난 어려움이 아닌가 한다. 해나가기가 참 만만치 않은 것들이다.

왜 사람들은 창조적이고 개척적인 일에 힘들어할까. 새로운 분야를 개척하는 도전적인 일을 어려워할까. 물론 그 일은 어렵다. 기존의 것을 가지고 열심히 하는 것이 아니라, 신선한 아이디어를 내고, 새로운 것을 만들어낸다는 것은 생각의 대전환이 필요하며, 갑절의 힘이 들기 때문이겠지. 그만큼 낯설다는 얘기일 수도 있다. 그것은 또한 무에서 유를 창조한다는 생각을 가져야 할 만큼 많은 피와 땀을 필요로 한다.

성격이나 습관, 태도의 단점을 나타내는 단어 외에, 나에게는 여전히 낯설고 어려운 단어들이 있다. 그것은 다름 아닌 관심, 배려, 용서,

칭찬이라는 4개의 단어들이다. 이것들은 우리 삶에 있어서 없어서는 안 될 매우 아름답고 향기로운 것이지만, 나에게는 여전히 어려운 것들이다. 그 이유는 행동으로 잘 옮기지 못하기 때문이다. 그러나 이 얼마나 중요하고 가치가 있는 것들인가. 공감과 이해는 쉽지만, 행동으로 옮기는 것은 말처럼 그렇게 간단하지는 않은 것들. 우리 사회의 모든 인간관계에 있어서 이처럼 소중한 것들이 또 어디 있을까.

단아야, 성인군자 같은 말씀이지만, 상대방에게 관심을 가지며 그를 배려하고, 용서하고, 칭찬할 줄 알아야 함은 이제는 초등학생도 다 아는 지혜로운 삶의 모습이다. 그러나 이를 실천하는 건 쉽지 않다. 이 네 가지 정신은 모두 자기희생을 그 바탕으로 한다. 몸이나 재물을 바치는 것만이 희생이 아니다. 정신적 희생이 더욱 중요하다.

개인주의와 이기주의가 팽배해가는 이 사회에서 남에게 관심을 갖기란 말처럼 그렇게 쉬운 일이 아니다. 불우한 이웃을 보더라도, 경악할 만한 뉴스를 접하더라도 그때뿐일 뿐, 그 잠깐의 시간이 지나고 나면 우리는 금세 그것들로부터 멀어지고 무관심해진다.

남을 배려하는 일은 더더욱 힘들다. 버스나 전동차 안에서 나이 든 사람에게 자리를 양보하는 것처럼 배려라는 건 그렇게 간단한 것만은 아니다. 그 사람의 고통과 슬픔을 공유하며, 나를 희생시켜 그를 돌볼 수 있어야 하는 것, 여기에는 나의 사사로운 이익은 저만치 밀어놓아야 한다는 각오가 있어야 하겠지.

남을 용서하는 일처럼 또 어려운 일이 어디 있을까. '너를 이해는 하지만, 용서는 할 수 없어'. 우리는 종종 이런 말을 듣곤 한다. 용서란 이해를 넘어선 행동이다. 용서하려면 극복해야 하는 내 마음의 장애물이 많다. 그만큼 용서하는 일이란 어렵다. 이는 그 사람 앞에 나를 내려놓고, 그를 내 안으로 받아들여야 하는 일이다. 그렇게 된다면 용서하는 사람과 용서받는 사람은 서로에게 감사하게 될 거야. 아무것도 바라지 않는 용서. 아무런 대가가 없는 용서. 그처럼 멋지고 아름다운 일이 또 어디 있을까.

칭찬은 그것들보다는 좀 쉬운 일일까. 그렇게 생각해볼 수도 있겠다. 칭찬은 하면 되니까. 그러나 칭찬을 해보지 못하고 산 사람은 그것이 그렇게 낯설고 어색할 수가 없다. 언제, 어떻게, 어떤 식으로 해야 하는지, 어색한 것을 넘어서 거북하기까지 하다. 대부분 사람은 칭찬은 구태여 할 필요가 없다고들 생각한다. 야단은 잘 쳐도 칭찬은 잘하지 않는다. 이것은 참으로 잘못된 것이다. 우리는 야단보다 칭찬을 더 많이 하면서 살아야 한다. 칭찬은 반드시 말로, 행동으로 상대방에게 보여주어야 한다. 표현이 없는 칭찬은 아무 의미가 없다. 칭찬을 통하여 나와 상대방은 일에 대한 즐거움을 나누게 되고, 미래의 삶에 대한 힘을 얻게 된다. 격려를 통한 새로운 동기부여가 되는 것이다.

　나는 지금도 이 네 가지가 어렵다. 생각은 항상 하고 있지만, 행동으로 옮기기가 여전히 어렵다. 이것들을 실천하며 사는 사람들은 분명 삶의 가치를 잘 알고 있는 멋진 사람들일 것이다. 아름다운 삶이란 이런 마음과 행동을 서로 주고받으며 살아가는 삶이 아닐까.

　단아야, 너희들은 소중하고 아름다운 존재들이다. 그리고 여전히 젊고 멋지다. 서로 관심을 갖고, 배려하며, 용서하고, 칭찬하는 일에 우리보다는 한층 자연스러울 것이라고 나는 믿는다. 물론 우리도 더욱 노력해야겠지. 우리 세대도 이런 일에 보다 익숙해진다면, 너희와 우리는 한 세대처럼 자연스럽게 잘 어울리면서 살아갈 것이라고 나는 믿는다. 우리 서로 그렇게 해보자.

●
나는 그때
무엇을
더 하고
싶었을까

우리는 사는 동안 하고 싶은 것들이 참 많다. 그러나 그 누구도 그것들을 다 할 수는 없다. 그 것을 할 수 있는 내 능력이나 여건이 되지 못했던 탓도 있고, 살아가면서 하고 싶은 것들이 새 롭게 생겨나기도 해서 죽는 날까지 열심히 한다 해도 그것들은 여전 히 아쉬움 속에 남게 마련이다. 그래서 인생의 어느 시점에서 버킷리 스트를 써보는 것으로 우리는 이러한 자신의 욕구를 위로하기도 하 고, 또 실제로 해보기도 한다. 시간이 안 되어서 못하고, 능력이 안 되어서 못하고, 용기가 없어서 못하고, 돈이 없어서 못하고 마는 것 들……

사람들은 자신이 하고 싶은 것과 해야 할 것 중에서 각각 어느 만 큼이나 그것들을 하고 이 세상을 떠나고 있을까. 해야 할 것들도 다 못하고 떠나는 마당에, 하고 싶은 것들은 또 얼마나 그대로 쌓여있을 까. 그저 희망사항으로만 남게 되는 버킷리스트. 나는 지금 무엇을 더 해야 하며, 내가 더 하고 싶은 것은 무엇인가. 반드시 해야 할 것과 하 고 싶은 것, 이런 무거운 짐과 욕망의 충동 속에서 우리는 종종 정신

시니어가 주니어에게

적인 방황을 하게 된다.

삶의 환경이란 대부분 시간이 지날수록 열악해지고, 자신의 힘과 능력도 점점 쇠약해진다. 그런 환경과 여건 속에서 자신의 의지는 점점 흔들리고, 해야 할 일과 하고 싶은 일은 뒤죽박죽이 되어서 한바탕 우리의 머릿속을 휘젓는다. 그것이 공부든 취미든, 노는 일이든 돈 버는 일이든 다 마찬가지다. 애초부터 그것들은 구분의 경계선이 애매모호했지만, 아무튼 사람의 일은 다 그 때가 있는 법이라고 한다. 일이란 다 그 적절한 시기가 있다는 뜻일 텐데, 그런 것에 상관없이 하고 싶은 일은 여전히 많다.

단아야, 너는 어떠냐? 지금의 너에게는 무엇이 가장 중요한 일이며, 너는 무엇을 하고 싶으냐? 이미 했더라면 하는 아쉬운 일들은 무엇이었으며, 앞으로 꼭 해야 할 일은, 하고 싶은 일은 또 무엇이냐? 적합한 시기를 놓친 일을 시간이 흐른 뒤에 하기란 참 어렵다. 그래서 우리는 못 했던 일들을 기억하며, 동시에 불확실한 미래를 보면서 아쉬운 마음과 함께 불안한 마음을 가지게도 된다.

그 시기에 맞게 해야 할 일들이 무엇이었을까. 너도 잘 알겠지. 공부해야 할 때 그 공부를 하는 것, 돈을 벌어야 할 때 돈을 버는 것, 사랑해야 할 때 사랑하는 것, 만나야 할 때 만나고, 헤어져야 할 때 헤어지는 것, 올라가야 할 때 올라가고, 내려와야 할 때 내려오는 것…….

그 외에도 많은 것들이 있을 거야. 하고 싶은 일들도 그에 적절한 시기가 있을까. 나는 그렇다고 생각한다. 하고 싶은 일의 실천을 통하여 사람들은 자기 인생을 더욱 멋지게 만들 수 있지만, 그것 역시 자신의 의지와 함께 그 시기에 맞는 주변 여건이 어우러져야 소망스러운 결과를 얻을 수 있을 것이다. 오늘 나는 그것에 대하여 생각해보고 싶다.

지금 나는 몇 가지 아쉬움을 손에 꼽는다. 그것은 먼저는 고전음악을 좀 더 열심히 들었더라면 하는 생각, 그리고 그림을 감상하는 일에 더욱 많은 시간을 보냈더라면 하는 생각, 또 하나는 좋은 영화를 많이 보았더라면 하는 생각에서다. 여행을 많이 다녀보았더라면 하는 아쉬움도 크지만, 이것은 여유로운 시간과 별도의 기회 마련 등 고려할 것이 많아서 여기에서는 빼기로 하자.

음악은 구태여 연주회장을 쫓아다닐 수고로움 없이 의지만 있다면 얼마든지 집에서 편안히 들을 수 있었던 것이고, 그림 감상은 조금만 부지런하면 전시회장을 찾아다니면서 할 수 있는 것이었다. 영화 관람 역시 마음만 먹으면 영화관에서든 집에서든 할 수 있는 것이었다. 모두 내 의지와 직결된 것들인데, 결국 게을러서 하지 못하고 만 것들이지.

음악 듣기, 그림 감상, 영화 보기……. 이것이 뭐 그리 대단할까. 대부분 사람이 자기소개서에 써넣는 일상적이고 보편적인 취미생활. 참, 독서도 있겠구나. 책은 그나마 내가 많이 보았다고 해서 빼놓았으니, 그것도 참 알량하다는 생각이 든다. 아무튼 이 세 가지 모두가 정서와 관련된 문화생활이라는 점에서 나에게 시사하는 바가 작지는 않다. 어렸을 적에 이런 활동을 좀 더 열심히 했더라면 지금보다는 훨씬 창의적인 생각과 다양한 사고방식을 가지게 되지 않았을까 하는 아쉬움을 갖게 되는 것이다. 물론 지금도 얼마든지 고전음악을 들을 수 있으며, 멋진 그림을 구경할 수 있으며, 감동적인 영화를 볼 수 있다. 그러나 지금의 나의 뇌는 이미 딱딱해질 대로 딱딱해져 있다.

그러나 나는 지금도 고전음악을 들으면 각 악기의 쉴 새 없는 전진과 후퇴, 그리고 소멸과 탄생의 길 위에서 요동치는 듯한 하모니에 머리카락이 주뼛 서고, 소름이 돋곤 한다. 이 공간, 저 공간을 자유롭게 넘나드는 작곡가의 그 입체적인 생각에 경이로움을 금치 못하겠고, 부조화 같으면서도 웅장하고 멋진 협치를 이루어내는 그 조화로움에 감탄하지 않을 수가 없다. 각 악기의 등장과 그 진로와 퇴장에 요술을 부리는 기술을 보면서 어쩌면 저렇게 멋진 곡을 만들어 낼 수 있을까 하는 의아스러움만을 갖게 된다. 신의 마술 같은 것이 아닐 수 없다.

그림도 마찬가지다. 색깔만 보더라도 어쩌면 저렇게 묘하게 잘 어울릴까. 그것이 어울려서 그렇게 멋진 건지, 안 어울려서 그렇게 멋진 건지 잘 알 수는 없지만, 아무튼 색깔의 배합과 그 명암을 뭐라고 설명해야 적절하고 타당할까. 그림을 해석하는 능력은 낙제점이지만, 나는 그 화가의 요동치는 마음만은 알 것 같아서 그것에 대하여 감탄하지 않을 수가 없다. 이것 역시 신의 마술 같은 것이 아니면 무엇이겠는지.

고전이든 현대물이든 영화는 항상 나에게 깊은 인상을 남겨준다. 종종 그 감동은 몇 주 동안 이어지기도 한다. 심장이 쿵쿵거리는 스펙터클한 역사물, 눈물과 콧물을 닦아내며 본 멜로, 웃음을 잔뜩 선사하며 스트레스를 확 풀게 해주는 코미디, 인간 삶의 갖가지 모습들이 녹아들어 있는 이런 영화는 어떤 형태이건 나에게 진한 감동을 준다. 비록 설정이라 하더라도 우리는 그 설정 속에 나를 한번 넣어보고, 남을 한번 넣어볼 수 있는 것이어서 많은 것을 생각하게 만든다. 이것이 바로 영화의 묘미가 아닐까.

누구나 어렸을 적에 그런 음악을 들었으며, 그런 그림을 보았고, 그런 영화를 보았다. 우리들의 마음은 모든 것을 향하여 열려 있었으며, 많은 것을 자연스럽게 받아들였다. 이것저것 따지고 계산해보지도 않았다. 그런 시절을 다 지내고 나서 나는 지금 이 시간 속에 이렇게, 너는 지금 그 시간 속에 그렇게 있다. 잘못된 것은 없지만, 돌이켜보면 그 당시 그 시절에 더 하고 싶었던 것들이 여전히 많이 남아 있어 아쉬운 마음이 드는 것을 감출 수가 없다.

단아야, 하루하루가 힘들고 피곤할수록 음악을 듣고, 그림을 보고, 영화를 보아라. 감동이란 우리들에게 눈물과 웃음을 만들어주고, 그 눈물과 웃음은 우리 정서를 깨끗하게 닦아준다. 그것은 우리 삶의 원천적 힘을 만들어주는 마음이다. 때 묻지 않은 우리들의 마음. 그런 마음이 깊은 사람일수록 따뜻한 웃음과 함께 뜨거운 눈물을 흘리는 법이다.

그런 감동을 가지고 산다면, 치열한 삶도, 각박한 생활도 다 이겨낼 수 있다. 지금의 내가, 그때로 다시는 돌아갈 수 없는 내가 너에게 진심으로 이것을 바란다.

단아야, 현대인이 느끼는 분노에는 특별한 이유가 없는 것이 있다고 한다.
맞는 것 같기도 하고, 틀린 것 같기도 한 이 말. 무슨 말일까. 여기에는 무슨 뜻이 있을까.
곰곰이 생각해보아도 어떠한 결론을 얻을 수 없는 이 말에 대하여
우리 필요 이상으로 고민하지는 말자.

제3부 **내 미래에 남겨 놓고 싶은 것들**

마음먹기,
마음가짐,
마음 챙김

막 사람들 사이를 빠져나왔다. 오늘따라 집으로 가는 길 위에 왜 이렇게 사람들이 많은지. 사람들과 부딪치는 것이 짜증스럽다. 만사가 귀찮고 피곤하다. 인생길이란 한없이 멀고 힘들다는 생각이 다시금 머릿속에 도지고 있다. 오늘따라 왜 이렇게 힘이 드는 걸까. 항상 똑같아서 그런 것일까.

돌이켜보면 매일매일 그랬다. 아침에 일어나면 그런대로 기분은 괜찮았지만, 일과를 마치고 귀가하는 길에서 몸과 마음은 항상 늘어졌다. 그렇다고 하루가 견디기 힘들고 어려웠던 건 아니었다. 이제는 모든 일이 내 몸과 마음 같아서 웬만한 것들은 견뎌낼 수 있었고, 큰 문제도 없었으며, 일하면서 큰 실수도 없었다. 사람들과의 문제점도 없었다. 그러나 오늘은 유난히 피곤하다.

지금 내 눈앞에 있는 땅이 쩍 갈라진다면 나는 어떻게 할까. 내 눈앞 저만치에 미상의 폭탄 한 발이 떨어진다면 나는 어떻게 할까. 정신을 못 차리고 혼비백산할 것이다. 어디 이같이 피곤함을 느낄 것이냐. 나는 번개보다 빠르게 움직였을 것이고, 이내 어느 건물 구석으로 숨어들고 말았을 것이다. 그런저런 생각으로 사람들 사이를 빠져나오면서 나는 하늘을 보았다. 붉은 석양이 오랫동안 빨지 않은 커튼처럼 내려앉아 있었다.

내 마음이 우울하고 처지다 보니, 모든 것들이 그렇게 보이는 것이라고 느끼면서도 사람들 역시 나 같이 힘들고 어려운 오늘 하루를 보냈을 것이라는 생각이 든다. 그들의 표정도, 그들의 발걸음도 그렇게 보인다. 웃는 모습조차 찡그리는 것처럼 보인다. 그들도 나를 그렇게 보는 것 같다. 우리는 무슨 일로 그렇게 힘들었을까. 인생이란 고해를 헤엄쳐 가는 것이기 때문에 우리는 서로를 쳐다보면서 동병상련하며 동정심을 갖기도 하는 것일까.

단아야, 이런 얘기를 들으면 너는 나에게 오늘 하루 무슨 일이 있었냐고 묻겠지. 과연 오늘 나에게 무슨 일이 있었을까. 그래, 사소한 일들이 있었지. 항상 그랬던 것처럼 다른 사람 때문에 화가 조금 났고, 짜증도 조금 났으며, 신경질이 좀 나기도 했지. 또 항상 그랬던 것처럼 그런 것들을 속으로 감추고 참으며 지낸 하루였지. 오늘 하루도 그렇게 무엇인가가 불편했다.

사람이 어떻게 항상 기분이 좋을 수 있겠느냐고 내가 나를 위로하면서도 이 몰려오는 피곤함과 불편함은 감출 수가 없다. 이런저런 일들이 마구 뒤섞이어 오늘 하루가 지났고, 내일 또 그런 하루가 오겠지. 그것은 누구에게나 다 그럴 것이지만, 누구는 참고, 누구는 화를 내다가 누구는 불쾌한 마음으로, 누구는 그저 그런 마음으로 각자 시간이 되면 집으로 돌아간다.

현대인은 시끄럽고 어수선한 환경 속에서 지치고 피곤해진다. 주변의 모든 것들이 다 복잡하다. 즐거움과 피곤함이 자주 찾아와 좀처럼 사라지지 않는다. 기분의 변화도 심하다. 하루가 즐거울 때는 힘든 것도 갑절이 되기도 한다. 그러나 그 힘든 것의 원인을 찾기란 그렇게 쉬운 일이 아니다. 겉으로는 보이는데, 속으로 들어가 보면 생각보다 어렵다.

경험이 다르고, 기호가 다르고, 목적과 수단과 방법이 서로 다른 사람들 간의 의견충돌에서 의사소통의 어려움도 발생한다. 대인관계에서 오는 대부분의 피로감은 이러한 마찰 때문일 것이고, 혼자서 생각하고 일을 한다고 해도 원인을 잘 알 수 없는 정신적 피로감으로 우리는 천천히 지치게 된다. 지금의 사회구조가 우리를 그렇게 만들고 만다. 우리는 인터넷보다 더 복잡한 인간관계 속에서 종일 오고 가다가 겨우 나갈 길을 찾고, 집으로 돌아온다. 좋은 두통약도 많고, 진통제도 많지만, 마음의 어려움은 항상 그 약들의 최대 효과를 넘어선다. 우리는 왜 고단하고 피곤한 것일까. 왜 살아가는 것이 힘들까. 마땅한 답이 없는 이 질문. 이것은 지금의 우리만이 느끼는 것은 아닐 것이다. 고대인도, 중세인도 그랬을 것이고, 앞으로의 세대도 그럴 것이다.

단아야, 내가 너무 막연한 얘기를 하는 건 아닐까. 그냥 좀 쉬면 괜찮아지는 이 평범한 피곤함을 너무 과대하게 포장하고 있는 건 아닌지 하는 생각도 든다. 특별한 이유를 찾을 수 없는 이 피곤함, 지친 몸과 마음. 나는 이럴 때마다 '마음가짐'이라는 말을 떠올리곤 한다. 귀에 너무 익어 식상할 대로 식상한 단어, 마음가짐. 나의 마음가짐……

사람의 일이라는 것이 마음먹는 대로 이루어진다면 이 얼마나 신이 날까. 내가 먹은 마음 그대로 일이 이루어진다면 나는 지치지 않고, 피곤하지도 않을 것이다. 분명 그럴 것이다. 내 의도대로, 내 생각대로 일이 성취되는데, 어찌 몸과 마음이 피곤할 것인가. 그러나 반드시 그럴까. 내 마음대로 일이 다 된다면 어느 만큼은 즐겁고 행복하겠지만, 시간이 지나면서 나태해지고 교만해지지 않을까. 그럴 것 같다. 그 나태와 교만이 기어이 나를 불안하고 초조하게 만들 것 같다. 그러므로 중요한 것은 그게 아니다. 일이란 내 마음대로 되기도 하고, 안 되기도 한다. 그래야 한다. 중요한 것은 모든 일의 결과에 대하여 내가 어떻게 마음을 먹을 것인가에 따라 나는 피곤해지기도 하고, 편안해지기도 한다는 사실이다. 내가 나를 그렇게 만든다는 이 엄숙하고 냉정한 사실에 우리는 주목할 필요가 있다.

우리 일의 대부분은 마음먹은 대로 이루어지지 않는다. 내 기대치가 너무 높아서인지, 내 능력을 과대평가해서인지 아무튼 내 마음대로 잘되지 않는 것이 현실이다. 이러한 현실 앞에서 우리는 피곤해지고 우울해지지 않을 수 없다. 그래서 방법은 이것뿐이다. 일단 내 일에 최선을 다하고, 나중에 마음을 먹는 것이다. 열심히 해서 만들어진 그것의 결과가 내 의도처럼 그렇게 잘되지 않았을 때, 내가 어떻게 마음을 먹을 것인가는 정말 중요한 삶의 기술이다. 그것에 따라 내가 힘들고 슬퍼지고, 즐겁고 행복해지는 것이니까. 이걸 마음먹기, 마음가짐, 또는 마음 챙김이라고 하자.

일과를 마치고 귀가하는 우리는 누구나 다 지치고 피곤하다. 모든 것이 빨라서 더욱 그렇다. 판단도 빠르고, 행동도 빠르다. 후회도, 반성도 빠르고, 기쁨도, 슬픔도 빠르게 지나간다. 말도 빠르고, 걸음도 빠르다. 그런 것들이 우리를 피곤하게 만들기도 한다. 그런 환경 속에서도 우리가 마음먹기를 잘한다면, 느리게 가는 것이 나쁘지만은 않다는 마음가짐을 해본다면 비록 처음에는 남들보다 뒤처지고 외롭기도 하겠지만, 시간이 지날수록 우리 마음속에는 여유가 생기게 마련이다. 느리게 간다는 것이 그저 늘어진다는 뜻이 아님을 알 것이고, 동시에 그것이 남들보다 열등하게 산다는 것이 아님을 알 것이기에 우리는 소중한 여유로움을 가질 수 있을 거라고 나는 믿는다.

집에 다 왔다. 이제 문을 열고 들어서면 우리 식구 중 한 사람이 나를 맞이해 줄 것이다. 내가 얼굴을 찌푸리고 그를 본다면, 그 역시 찌푸린 얼굴로 나를 볼 것이며, 내가 웃음을 보인다면 그 역시 나를 보고 웃을 것이다. 모든 것이 내 마음가짐에 달려있다. 외로움도, 우울함도 내일 다시 나를 찾아오겠지만, 내 마음먹기에 따라 그것들은 유쾌함이나 상쾌함으로 바뀌어올 수도 있다. 모든 것이 마음먹기, 마음가짐, 마음 챙김에 달려있다는 것을 오늘 나는 집으로 오면서 다시한번 생각해보았다. 나는 내일 즐거운 사람이 될 것이다.

'천상천하 유아독존' 뒤집어보기

단아야, '천상천하 유아독존'이라는 말을 너도 알고 있겠지. 하늘 위와 하늘 아래에서 오직 내가 홀로 존귀하다는 이 말. 석가가 어머니 뱃속에서 태어나자마자 외쳤다는 이 말을 요즈음에는 어떻게 생각하며 받아들이고 있을까. 아무리 긴 세월이 지나고, 사회적 가치관과 환경이 바뀐다 해도 이 말이 가지는 종교적 의미와 인간의 삶에 시사하는 바는 변하지 않겠지만, 요즈음 사람들은 이 말에 대하여 어떻게 생각하고 있을까.

불교에서는 삼계와 그 괴로움에 대하여 다음과 같이 말하고 있다. 삼계란 천상계와 인간계, 그리고 지옥계로 되어 있으며, 이는 곧 하늘 세계와 인간이 사는 지상의 세계, 그리고 지하 세계를 의미하는데, 그곳에는 오로지 괴로움만이 있을 뿐이라고. 즉 인간의 삶과 죽음은 온통 괴로움 속에 싸여있다는 것이다. 그 괴로움 속에서 고고지성을 외

치며 태어난 내가 있으며, 그 '나'라는 존재가 다름 아닌 천상천하 유아독존의 주인공이라는 것, 그는 석가 개인을 가리키는 것이 아니라, 하늘과 땅 사이에 있는 모든 생명체 하나하나를 다 가리키는 것이라고 한다.

태어나는 순간부터 온갖 괴로움 속에 고행의 길을 걸어가야 하는 모든 생명체의 고통과 아픔을 직시하면서 동시에 모든 인간의 존엄성과 존귀한 실체를 상징하는 이 말속에는 이러한 중생을 구제하고, 인간 본연의 참된 성품을 찾아내려는 석가의 고민이 응축되어 있다고 볼 수 있다. 이렇게 생각해보면서 이 말을 곱씹어보면, 간단한 몇 글자가 아니고, 참으로 심오한 뜻이 내포되어 있음을 알게 된다. 현재의 내 존재에 대하여, 그 귀함과 소중함에 대하여 우리는 감사해야 할 것이지만, 그 귀함을 잘 지켜나가기 위하여 우리는 어떻게 해야 할 것인가. 고행의 길이라고 하는 인간 삶의 모든 과정을 우리는 어떤 마음가짐으로 어떻게 걸어가야 할 것인가. 그런 명제 앞에서 우리는 사뭇 심각해지지 않을 수가 없다.

나는 이 세상에서 매우 유일하고 중요한 존재다. 이는 당연한 사실이지만, 그것이 지나치면 우리는 교만하고 독선적인 모습을 가진 자로 비치기 쉽다. 세상은 나 혼자 잘난 맛에 살기도 하는 거겠지만, 그런 생각에 너무 기울어지면 세상살이가 힘들어진다. 누가 이 세상을 자기 못난 맛에 살아갈까. 나나 남이나 생각은 모두 같다.

요즈음 사람들은 자신의 존재감에 대하여, 그 존귀함에 대하여 어떻게 생각하며 살고 있을까. 많은 사람 속에 섞여 있는 '나'는 어떠한 존재일까? 남에게 보이는 '나'의 모습도 중요하지만, 나 스스로 나를 돌아볼 때 느끼는 '나'의 모습이 더욱 중요하다. 이 말은 내가 나를 스스로 존귀하게 여길 때, 남도 나를 그렇게 본다는 것과 일맥상통한다. 나의 모습을 드러나게 하는 그 존재감이란 무엇이며, 귀하고 소중한 나의 존재란 어떤 것일까. 출세하여 이름이 알려지는 것, 사회적 지위가 높아지는 것, 영향력 있는 사람이 되는 것, 남이 부러워하는 사람이 되는 것, 그렇게 하면 나의 존재감은 높아지는 것일까. 유명해지면 다 존재감이 높아지고, 귀하게 되는 것일까.

사람들 무리 속에 두 사람이 나란히 서서 한곳을 바라보고 있다. 한 사람은 무표정하다. 입은 옷도 눈에 띄지 않는다. 무색무취의 그 사람 곁에 화려한 모자를 쓰고, 현란한 색깔의 옷을 입은 한 사람이 서 있다. 이 두 사람이 보여주는 존재감이란 무엇일까. 눈에 띄는 것은 존재감이 있으며, 그렇지 않은 것은 없는 것일까. 한 사람은 노동자이고, 한 사람은 배우라면 누구는 귀하고, 누구는 그렇지 않은 것일까. 존재감과 존귀함은 이런 식으로 비교될 수 있는 것인가. 그리고 어느 날, 이 두 사람은 동시에 사람들 무리 속에서 사라졌다. 사람들은 분명히 배우의 존재를 기억해낼 것이고, 그의 사라짐에 관심을 기울일 것이다. 그러한 관심은 노동자에 대해서도 그럴 것인가. 보이는 것이 존재의 전부이고, 사회적으로 알려지는 것이 '존귀함'의 전부일까.

이 지구상에 그 모습을 보여주지 못하고, 어느 날 소리도 없이 사라지는 것들이 얼마나 많은가. 인적이 없는 깊은 숲속에 살던 올빼미도, 땅바닥을 기어 다니는 벌레도 그 누구에게 제 모습을 보여주지 못한 채, 때가 되면 어디론가 사라지고 만다. 그 외에도 우리가 모르고 있는 많은 것들. 그렇다고 그것들이 이 지구상에 존재하지 않았던 것인가. 내가 보지 못했다고 해서, 내가 관심이 없다고 해서 그들의 존재를 부인할 수는 없는 일이다.

우리는 사람들 앞에 나서서 나의 존재를 알리고 싶어 한다. 타인이 나를 인정해주고, 나에 관하여 얘기해줄 때, 나는 기분이 좋아지고 나의 존재감은 높아진다. 나를 귀하게 여겨주면 더욱 그렇다. 좋은 일이고 당연한 이야기지만, 그것에 집착하는 건 바람직하지 않을 것이다. 물이 흐르는 것같이 자연스러운 게 더욱 좋은 일이다.

단아야, 종교적인 이야기를 더 심오하게 너에게 해줄 만한 능력이 나에게는 없다. 단지 내가 지금 이렇게 존재하고 있는 것처럼 눈에 보이지는 않지만 크고 작은 생명체들이 존재한다는 사실, 내가 만인 앞에 귀하고 소중한 것처럼 다른 사람도 만인 앞에 귀하고 소중하다는 사실을 알고, 우리가 모두 서로에게 겸손해질 수 있다면, 비록 산다는 것이 고해를 헤엄치는 일이라 하더라도 우리는 모두 서로를 바라보며 행복해질 수 있는 것이 아닐까.

나는 종종 이런 생각도 해본다. 이 세상을 혼자서 독선적으로 살아갈 수는 없지만, 나의 존재는 독보적이다. 그래서 가끔 내 생각이나 결정은 독단적일 수도 있다. 그러나 그것이 신중히 생각하고 판단한 것이라면 나쁘지만은 않은 것이다. 우리는 우리 자신을 독보적인 존재로 생각하고 귀하고 소중하게 여기며, 자부심을 지녀서 스스로 위로하고 격려해야 한다고 나는 생각한다.

살면서 우리는 '천상천하 유아독존'이라는 말을 스스로 외쳐보며, 자신을 돌아보는 것도 필요하다. 건강한 정신과 자존감 위에서 야망과 패기를 스스로 불어넣으며, 이 세상을 힘차게 살아가려는 자신의 모습은 매우 바람직하기 때문이다.

단, 한 가지 잊지 말아야 할 것은 나만이 그렇고, 그렇게 한다는 것이 아니라, 타인도 그렇고, 그렇게 한다는 사실이다. 내가 귀하고 소중한 것처럼 다른 사람들 역시 귀하고 소중한 존재니까.

도개걸 윷모

단아야, 우리가 인생을 살아가면서 큰일이든 작은 일이든 의사결정을 해야 하는 경우가 몇 번이나 될까. 여러 생각 중 하나를 정해야 하거나, 무엇인가를 선택해야 하는 경우가 참으로 많다. 일상의 소소한 일까지 포함한다면 수천 번, 아니 수만 번 그 이상이 되지 않을까. 의사결정을 한다는 것은 작게는 어느 일의 방향을 정하는 것이며, 크게는 일상생활을 해나간다는 것을 의미하는 거겠지. 이는 우리 삶에 있어서 매우 중요한 일이 아닐 수 없다.

그것은 때로는 간간이, 또 때로는 순간순간에 벌어지는 판단이나 생각의 정리일 수도 있고, 그에 따른 모든 행동과 그 결과가 될 것이다. 우리 삶이란 이런 지속적인 과정을 통하여 어느 방향으로 진행되어가는 일련의 긴 과정일 터, 그만큼 의사결정이란 누구에게나 매우 중요한 삶의 방법이며, 그 누구도 이를 피해갈 수는 없는 일이다. 그것은 우리 일상생활에 있어서 아주 작은 것부터 큰 것까지 반복적으로 이루어진다. 삶의 과정이란 이러한 의사결정의 연속이라고 해도 과언은 아니다. 그중에는 우리를 불안하고 초조하게 만들거나, 걱정스럽게 만드는 것도 있어 우리는 밤새도록 머리를 싸매기도 한다.

마음의 결정을 한다는 것은 그 일에 대한 어떠한 결과를 예상하고, 그렇게 추진하겠다는 생각을 다지는 일이다. 그렇다 해도 시간이 지나면서 주변 환경의 변화에 따라 이미 했던 그 결정이 바뀌거나 다른 결정으로 대체되기도 한다. 이러한 과정 속에는 판단 미숙이나 착오에 따른 오류도 있고, 실수도 있다. 그런 것들을 겪으면서 우리는 성장한다. 생각이 다양해지고, 그 폭이 커지며, 깊이가 한층 깊어진다. 수없이 많은 모멘텀을 지나면서 갖가지 터닝 포인트를 만나게 되고, 또다시 어떤 결정을 하게 된다. 그러는 나는 내 삶의 과정에 있어서 얼마나 옳게 생각하고, 판단하고, 의사결정을 해왔을까. 얼마나 잘했으며, 얼마나 못했을까.

지나간 시간은 항상 아쉬웠고, 그 속에 있던 일들도 대부분 그런 모습이었다. 잘했던 일에도 지나고 나면 항상 아쉬움이 어른거리는 법인데, 잘못한 일은 얼마나 더 그럴까. 어떻든 거기에는 항상 나의 판단과 결정이 있었다. 당시에는 나름대로 최선을 다하여 생각하고 결정했던 것이었는데, 지금에 와서 보면 그렇지가 않은 것이 수두룩하다. 그 결과가 시원치 않은 것 때문에 마음이 불편하다. 도중에 상황이 바뀌어서 그렇게 될 수밖에 없었다고 나는 변명을 하지만, 그것 말고도 다른 선택이나 결정을 충분히 할 수 있었다는 생각에는 나는 여전히 인색하다. 더 좋은 몇 가지 방법이 있었을 텐데.

역사에 대한 평가는 후세의 판단에 맡길 수밖에 없겠지만, 애초에 그 역사의 주인공은 깊이 고민하여(훗날도 생각하여) 최선의 결정을 했어야 옳았다. 그러나 그렇게 했다손 치더라도 시간이 지나면서 사회가 변하고, 평가와 판단기준도 바뀌어서 과거 행위의 가치와 그 의미가 퇴색되는 경우가 허다하다. 그 의미가 더 깊어지는 경우는 좀처럼 없다. 아무튼 어떤 사안에 대하여 생각하고 결정하고 실천하는 것은 매우 중요한 일이 아닐 수 없다. 우리 개개인의 삶에서의 그것도 마찬가지다.

단아야, 이렇게까지 크게 벌려놓고 생각할 일은 아니겠지만, 내 삶에 있어서 과거의 판단과 결정은 왜 그렇게 바람직하지 못했던 것이었을까 하는 자괴감에 나는 종종 빠지곤 한다. 그때에는 그렇게밖에 할 수 없었다고 스스로 강변도 해보지만, 그때의 내 판단과 결정은 매우 부적절하고, 잘못된 것이라는 데에 고개를 끄덕이게 된다. 물론 성숙하지 못했기 때문에 그만큼 생각의 깊이나 넓이가 얕고 좁은 탓도 있었다. 그러나 다른 방법 등 좀 더 여러 가지를 생각했더라면 그 결과가 더 낫지 않았을까 하는 생각이 든다. 그것이 인간관계를 맺고 푸는 일 중 하나였다면 참으로 중요한 것이었는데, 하는 아쉬움을 감출 수가 없다.

이것, 아니면 저것뿐이다. 이 길, 아니면 돌아가야 한다. 살기, 아니면 죽기다. 너, 아니면 나다. 죽어도 간다……. 이런 것을 이분법적 사고방식이라고 하나. 흑이 아니면 백이 전부가 아닐 터, 우리 삶이 이런 식의 논리에 처하는 경우가 얼마나 많을까. 이것도 저것도 아니면 다른 그것도 있을 것이고, 이 길이 아니면 저 길도 있을 것이고, 살기 아니면 죽기가 아니라, 잠시 놀고 쉴 수도 있을 것이며, 너나 내가 아니면 그나 그녀가 있을 것이며, 죽어도 갈 필요는 없을 것이다. 나는 왜 그렇게 편하고 쉬운 생각에만 몰두했을까. 왜 유연하게 생각하지 못했을까.

더 넓은 생각과 다양한 사고, 미래를 내다보려고 하는 노력, 그리고 내 주변에 대한 배려가 있었다면 어쩔 수 없는 환경이었다 하더라도 조금은 더 나은 의사결정을 할 수 있지 않았을까 하는 아쉬움을 갖게 된다. 나는 종종 많은 사람이 자신이 했던 의사결정에 대하여 아쉬움을 느끼면서 후회를 하고 있을 것이라는 궁색한 변명으로 자위를 해보기도 하지만, 또 다른 많은 사람은 그렇지 않을 것이라는 생각에 마음 한구석이 쓸쓸해지곤 한다.

'도, 아니면 모'라는 판단방식으로 내가 생각하고 결정한 일들이 나에게 얼마나 많이 있었을까. 의사결정이란 그렇게 하는 것이 아니라고 스스로 상기시키며 살았지만, 실제로는 그렇게 하며 살았다.

'개'도 있어야 하고, '걸'도 있어야 하는데, 살다 보면 '백(back)도'도 나오게 되는데, 왜 인생의 많은 부분을 '모'에만 걸려고 했을까. '모'에 걸었다는 것은 '도'에 걸었다는 것과 다름이 없는데, 왜 그때는 그 것의 위험성을 잘 몰랐던 것일까. 왜 '개'나 '걸'이 나오는 것을 싫어했을까. 내 능력을 과신했던 탓일까. 완벽해지고 싶은 결벽증 같은 것 때문이었나. 이 세상에 완벽한 사람은 없다는 사실, 후회나 반성 없이 살아가는 사람도, 항상 자신의 판단과 결정에 만족하면서 사는 사람도 없다는 사실에 슬그머니 스스로 위로해보기도 하지만, 너무 자신하는 것도, 너무 자학하는 것도 피해야 할 일이다.

그렇다고 과거를 돌아볼 때 생겨나는 반성과 후회가 자연스러운 것이라고 너무 치부하지는 말아야겠다. 앞으로가 더 중요한 것이겠지만, 과거의 나를 너무 가련하게 여기지는 말자. 계획은 '모'를 향하여 가더라도 가다 보면 '개'와 '걸'도 나온다는 것, '개'와 '걸'도 생각해야 한다는 것을 우리 서로 잊지 않기로 하자.

사과하지 못하는 사람들

"미안합니다."

이 말을 한다는 것은 생각보다 어렵다. 딱 다섯 글자인데, 좀처럼 입에서 나오질 않는다. "제가 잘못했습니다"라는 말은 하기가 더 어렵다. "용서해주십시오"라는 말은 그보다 더 어렵다. 반대로 누가 그런 말을 했을 때, "아니요, 괜찮습니다" 하고 말하는 건 그렇게 어렵지 않다. '아니요, 괜찮습니다'를 용서해주는 것이라고 보기에는 무리가 있지만, 아무튼 일반적으로 용서해주는 건 쉬워도(물론, 이것도 이렇게 간단하게 할 수 있는 것은 아니겠지만) 용서를 비는 것은 어렵다는 얘기다. 용서를 바라는 그 말에 진심이 담겨 있지 않더라도 그 말을 하기가 생각보다 쉽지 않은 것이다.

상대방에게 사과의 말을 할 때의 마음은 대체적으로 부자연스럽고 거북하다. 미국 사람들은 일상생활 속에서 상대방에게 '아이 엠

소리'를, '아이 러브 유'처럼 자주 한다. 그들의 생활이 '아이 엠 소리'
할 일이 많아서 그런 것이 아니라, 사소한 일이라도 상대방에게 불편
을 끼치는 일이 벌어지면 즉석에서 사과하는 그들의 생활습관 때문
일 것이다. 립서비스처럼 입으로만 한다고 해도 일단 그들의 그 말은
편하고 자연스럽게 들린다. 그 말을 하는 것에 익숙해 있기 때문이다.
그러면 상대방은 '댓스 오케이' 한다. 서로 웃으며 말하고, 웃으며 대
답한다.

　나 역시 '미안합니다'라는 말이 입에서 그렇게 잘 나오지 않는다.
왜 그럴까. 사소한 것이라 할지라도, 내가 잘못했으면 당연히 상대방
에게 미안합니다, 하고 사과를 하는 것이 마땅하다. 진심이 담겨 있으
면 더욱 좋을 것이다. 그러나 생활의 현장에서는 그것이 잘 안 된다.
이론과 실제의 차이가 그것처럼 큰 것이 없다. 그 말을 꺼내는 것이
불편하고 어색해서라면 왜 그럴까.

　알량한 자존심 때문일까. 좀 경박한 일이라고 생각하기 때문일까.
점잖은 체면 차리기 때문일까. 교육이 안 되고, 연습과 훈련이 부족해
서 그런 것일까. 이것도 저것도 아니라면, 정말로 내가 잘못한 것을
몰라서 그런 것인가.

　자신의 잘못을 알았을 때, 그 즉시 상대방에게 진심이 담긴 사과를
하고, 필요하다면 머리를 조아리거나 무릎까지 꿇을 수 있는 자세와

마음가짐은 참으로 중요하다. 용서를 빌어야 한다면, 당연히 그렇게 해야 한다. 그러려면 무엇보다 자신의 잘못을 속히 인지해야 한다. 그것이 가장 중요한 첫 번째 단계다. 그리고 사과하는 시점이 중요하다. 가능한 한 현장에서 바로 하는 것이 좋다. 사과할 때에는 내 눈을 상대방 눈에 맞추며, 내 진심을 보여주어야 한다. 정상적인 사람이라면 이렇게, "미안합니다"라고 말하는 상대방의 진정성 있는 태도에 버럭 화를 낼 사람은 없을 것이다.

물론 수시로 습관적으로 영혼 없이 그런 말을 자꾸 하거나, 구태여 사과할 일이 아닌데도 그렇게 한다면 상대방은 오히려 조롱당한다고 느낄 수도 있을 것이고, 화를 낼 수도 있다. 가식적이고 위선적인 태도는 상대방 약을 올리고 말 테니까. 그러나 마땅히 내가 사과할 일이 있다면 하루에 수십 번이라도 그렇게 하는 것이 맞다. 그러한 말과 행동에는 나의 진심이 담겨 있어야 한다. 상대방은 그것을 읽어낼 수 있기 때문이다.

그런데 왜 우리는 사과하는 일에 인색할까. 그 말하기가 왜 그렇게 쑥스러울까. 이유는 대부분 위에서 언급한 것들 때문이겠지만, 아무래도 평상시 사과하는 것에 대한 교육과 연습과 훈련이 되지 않아서 그런 것으로 보인다. 이 말을 하기가 마냥 쑥스럽고 어색한 것이다. 결국, 그것은 나의 몰염치로 나타나고 만다. 잘못하고도 사과할 줄 모르는 뻔뻔함. 표현이 없으면 상대방은 내 마음을 알 수가 없다. 구태여 말을 안 꺼내도 내 미안한 마음을 알겠지 하는 것은 나만의 생각이고, 나의 착각임을 우리는 분명히 알 필요가 있다.

요즈음 젊은 사람들은 전동차 안에서 자기 가방이 옆 사람을 살짝 밀어도, 스마트 폰을 만지다가 자기 팔꿈치가 옆 사람에게 닿아도, 미안합니다, 하고 바로 사과를 한다. 나는 그런 태도를 보며, 그 사과 속에 진정성이 담겼든 안 담겼든 참 좋은 모습이라고 생각한다. 그러다가 경로석 한쪽에 앉아 별안간 큰 소리로 입막음도 없이 기침하는 어느 중년 남자를 보며, 이런 생각은 산산조각이 나고 만다.

단아야, 나의 이런 얘기가 너에게는 참으로 의아스럽게 느껴질 수도 있겠구나. 아직도 이런 구시대적인 생각을 가지고, 이야깃거리를 만들고, 고민하고 하는 것이 너희들에게는 낯설게 느껴질 거야.

사과할 일이 있으면 마땅히 사과해야 하고, 그것을 받는 처지라면 받아들이면 되는 것이지 그것을 이렇게 어렵고 힘들게 생각할 필요가 있을까.

나도 잘 알고는 있다. 그렇지만 요즈음 사람이라고 해도 많은 사람은 남에게 사과한다는 것이 물이 흐르는 것처럼 그렇게 부드럽고 자연스럽게 나오기가 쉽지가 않다는 것을 꼬집어서 말하고 싶다.

나는 사과의 말을 잘하지 못하는 사람으로 오랫동안 살아왔다. 핑계를 대자면 역시 그런저런 것들을 늘어놓을 수 있겠지만, 하나하나가 모두 궁색한 변명이라는 것에 부끄럽고 쑥스러울 뿐이다. 알면서도 입이 열리지 않았음은 솔직하지 못한 탓일 거고, 아무짝에도 쓸모가 없는 체면에 대한 집착은 알량한 생각만을 갖게 했다. 용기도 없었다.

멀리 볼 것도 없이, 지금까지 살면서 나는 내 아내에게 사과의 말을 얼마나 제대로 했을까. 사과해야 할 일들은 분명 셀 수 없을 만큼 많았을 텐데, 제대로 사과를 한 것은 몇 퍼센트나 될까. 50%는 될까. 아주 사소한 일로부터 마음에 큰 상처를 주었던 일들까지 나는 얼마나 많은 내 잘못에 대하여 사과를 하지 않고 무심하게 살아왔을까. 내 부모와 형제에게는, 내 주변 사람들에게는 또 어땠을까.

자기의 잘못에 대하여 사과를 하지 못하는 사람들이 잔뜩 모여 사는 사회는 분명 불행한 사회다. 사과를 제대로 할 줄 모르거나, 모든 잘못을 타인의 탓으로 돌리기에 바쁘기만 한 사회, 핑계와 변명만이 가득한 사회, 서로에 대한 비난과 모함이 난무하는 사회, 이런 사회에는 정의가 설 자리가 없다. 불의와 비정상이 판치는 그런 사회가 되고 만다.

이런 사회가 만든 국가의 국민은 세계인들로부터 사과할 줄 모르는 국민이라는 얘기를 듣게 된다. 이 얼마나 수치스러운 일일까.

할 줄 모른다면 차라리 낫다. 몰라서 못 하는 거니까, 가르치면 된다. 그러나 알면서도 하지 않는 것은 참 나쁜 일이다. 지나간 날들 속에 있었던 내가 알면서도 사과하지 않았던 많은 일들, 그것을 기억하면서 이제 나의 미래에는 이러한 나의 모습을 더는 남겨두고 싶지 않다.

내가
너를
인정해줄 때

단아야, 사람들은 무엇에서 힘을 얻으며 이 세상을 살아갈까. 사람들은 어디에서 용기를 얻으며 살아가는 것일까. 돈일까, 명예일까, 사회적 지위일까, 어떤 의무감일까, 아니면 미래에 대한 희망이나 기대감일까. 그것은 구체적인 어떤 것일까, 막연한 어떤 것일까. 사람들은 저마다 자신이 처한 환경 속에서 기대와 목표에 따라 그것이 다 다를 것이다. 욕망도 한몫하겠지. 그러면 나는 어떻고, 너는 어떨까.

사람은 오직 한 가지 목표만을 가지고 살 수는 없다. 살아가면서 그 목표가 달라지기도 한다. 기존의 것들이 빠지기도 하고, 새로운 것이 생기기도 하여 추구하던 목표의 순서가 바뀌고, 새로운 목표 수립에 고민해야 하는 경우도 자주 생긴다. 이러한 목표들을 이루어가기 위해서는 그것을 추진하겠다는 마음의 동력이 필요하다. 나에게 힘과 용기를 주는 삶의 추진력은 어디에서 나오는 것일까.

몇 가지가 있겠지만, 나는 가장 중요한 삶의 동력으로써 '인정(認定)'이라는 것을 꼽고 싶다. 확실히 그렇다고 여겨주는 것. 서로가 서로에게 그렇게 해주는 인정……, 이것으로부터 우리는 생활의 근본적이고 잠재적인 힘을 얻는 것이 아닌가 한다. 내 생각이나 행동이나 그 결과를 상대방으로부터 인정받음으로써 우리는 자부심과 자신감이 생기고, 앞으로의 일에 대한 힘을 얻게 된다.

상대방 역시 마찬가지다. 서로서로 노력과 그 결과를 인정해줄 때, 자존감은 높아지고, 생활의 힘을 뽑아내는 엔진의 출력은 갑절로 늘어난다. 인정받는 생각, 인정받는 행동, 인정받는 결과, 그리고 인정받는 삶, 누구로부터 인정을 받는다는 것은 매우 즐겁고 행복한 일이다. 그것은 생활의 보람을 느끼게 해준다. 인정 속에는 따뜻한 격려와 칭찬이 들어있다. 그것은 우리를 더욱 자신감 있게 해주는 삶의 활력소다.

사람은 인정을 받으면 당당해지고 떳떳해진다. 그렇다고 인정받기를 목표로 해서 산다면 그것은 바람직한 삶의 모습이 아니다. 그것이 목표가 되어서는 안 되고, 열심히 노력하는 과정과 그 결과에서 나오는 자연스러운 상대방의 반응이어야 한다. 그러기 위해서는 우리들의 모든 마음가짐과 그 태도와 행동에 진정성이 담겨 있어야 한다.

우리는 대체적으로 상대방을 인정하는 일에 인색하다. 인정이라는 것은 일의 결과가 그렇게 소망스럽게 되지 못했어도 열과 성을 다하여 노력했던 그 과정만큼은 충분히 해줄 수 있는 것일 텐데, 돌이켜보면 나 역시 사회생활을 하면서 이 부분에 지나치게 노랑이였다.

나는 왜 그렇게 내 주변 사람들의 판단이나 행동을 인정하는 일에 무관심했을까. 아니, 왜 그렇게 쌀쌀맞고 야박했을까. 나에게 인정이라는 단어는 왜 그렇게 낯설고 어색한 것이었을까. 내 마음을 드러내는 것을 가볍다고 여겼으며, 쓸데없이 내 마음을 자제했다. 남을 칭찬하는 것에 인색했고, 칭찬하는 방법도 잘 몰랐다. 그런 것이 부자연스럽기만 했다. 어쩌면 나의 DNA에는 칭찬이나 인정이라는 세포가 없는지도 모르겠다. 남을 인정해주고, 칭찬할 줄을 모르는 내가 상대방으로부터는 인정을 받고 싶었으니, 이는 참으로 잘못된 생각이 아니었으면 무엇이었을까.

관심을 끌어야 하고, 어떻게 해서라도 칭찬을 받아야만 인정을 받는 것이라고 나 스스로 한동안 착각하며 지낸 적도 있었다. 관심과 칭찬을 통하여 인정받을 수 있다는 생각이 꼭 옳지 않다는 것이 아니라, 남을 지나치게 의식한 내 의도가 순수하지 않았던 것이지. 크게 다치지도 않은 팔에 며칠씩이나 하얀 붕대를 감고 다녔던 학창시절도 있었고, 노래 잘한다는 칭찬을 듣고 싶어서 친구들 앞에서 어설픈 기타 솜씨로 당시의 유행가를 몇 번씩이나 반복해서 불렀던 적도 있었다. 돌이켜보면 안쓰럽다 못해 웃음이 절로 나오는 풍경이지만, 딱하고 가상해 보이려는 그 모습은 왜일까.

단아야, 인정받기 위해서 살라는 말이 아님을 너는 알겠지. 그것이 삶의 목표가 되어서도 안 된다고 이미 얘기했다. 잘못하면 우리의 삶에 가식과 허울이 스멀스멀 끼어들기 때문이야. 진정한 노력과 그 결과를 서로가 인정해줄 때, 삶의 무게는 그만큼 가벼워지고 생활의 활력이 생겨난다. 서로가 나누어 가질 수 있는 그 활력처럼 우리 일상 생활에 있어서 강하고 멋진 힘이 또 어디 있을까.

내가 사랑받기 위해서 내 사랑을 먼저 그에게 주라는 것처럼, 내가 인정받기 위해서는 그를 먼저 인정해주라고 말하고 싶다. 인정과 사랑은 그 뿌리가 하나다. 사랑을 바탕으로 하는 마음의 뿌리가 있어야 상대방을 배려하고 인정해주는 마음의 꽃이 필 것이기 때문이다. 네가 먼저 상대방을 인정해주어라. 송골송골 땀이 맺힌 그의 얼굴을 보면서 그의 노력에 대하여 진심으로 위로해주고, 그의 노고에 감사하며, 그를 격려해주고 인정해주어라. 비록 그가 한 일이 소망스럽게 되지 못하고, 심지어 실패되었다고 하더라도 그의 전부를 인정해주어라. 그는 여전히 자기의 길을 걸어가는 중이기 때문이다. 그러면 그가 역시 너를 위로하고 격려하며, 인정해줄 것이다.

삶이란 원래 욕구를 충족시켜나가는 과정인 것. 당연히 그 욕구는 올바르고 정의로워야 한다. 이러한 욕구가 없다면 우리 인생은 무미

건조하고 지루하며, 나태함과 태만 속에 서서히 타락하고 말지도, 갈 곳을 잃은 철새처럼 이리저리 떠돌다가 아무 곳에나 내려앉아 죽어 갈지도 모른다. 그런 욕구가 욕심이 되어서는 물론 안 되겠지.

건강하고 바람직한 욕구를 가질 때에 우리 삶의 목표는 뚜렷해지고, 가야 할 길이 명확하게 보이는 법이다. 그렇게 나의 길을 걸어 나갈 때, 옆 사람으로부터 들려오는 격려와 칭찬의 목소리는 나의 발걸음을 더욱 당당하고 활력 있게 해줄 것임은 분명한 사실이다. 우리의 삶은 고무공 같은 탄력을 받고, 고무줄 같은 힘을 얻게 되는 것이다. '인정'이라는 힘은 이렇게 서로에게 상생의 환한 길을 열어주는 것이니, 그가 나에게 이렇게 힘차게 길을 걸어가게 해준 것처럼 나도 그가 그의 길을 힘차게 걸을 수 있도록 해주어야 하지 않을까.

가족,
그 따뜻하고도
차가운
이름표

단아야, 내가 코피를 흘리며 울면서 집으로 왔을 때의 일이다. 이 모습을 본 형이 씩씩거리며 밖으로 나가더니 내 코피를 터뜨린 아이의 코피를 터뜨리고 돌아왔다. 수십 년 전, 초등학교 시절, 동네 골목에서 있었던 일인데, 나는 지금도 그것을 기억한다.

학교에서 돌아오면 책가방을 마루에 던져놓고, 찬물에 밥 한 숟가락 말아먹고는 곧장 밖으로 뛰어나갔지. 동네 친구들이 밖에서 기다리고 있었어. 여전히 코를 흘리는 종표도 있었고, 골목대장 백기도 있었고, 반장 집 아이 정수도 이미 나와 있었어. 놀 것이라곤 딱지치기, 구슬치기, 팽이치기, 제기차기와 함께 서로 몸을 부딪치면서 흙 위에서 뒹구는 것이 전부였던 시절이었지. 그렇게 놀다보면 한 아이의 코피가 터지는 일은 다반사였다. 과격하게 놀다가 서로 부딪쳐서도 그랬고, 의견충돌로 싸움이 나서도 그랬어. 아무튼 동생이 놀다가 누구랑 싸움이 벌어져 코피가 터져 들어오면 형은(형 역시 두어 살 위의 골목놀이 아이였지만, 그래도 형이었으니)동생을 보살펴야 한다는 의무감에 이렇게 용감한 복수를 하고 오는 것이었지.

가족이란 바로 이런 것이야. 동생이 자기와는 전혀 상관이 없는 남이라면 형이 그렇게 했을까. 하기야 동생이라고 형이 다 나서지는 못했겠지. 그쪽의 형도 있을 테니까, 나름대로 상황을 살펴야 했을 거야. 아무튼 위아래 한 핏줄로 태어나서 한 가족이라는 끈에 서로 묶이게 되는 순간부터 형제, 자매는 보이지 않는 단단한 테두리 안에서 서로를 감싸고 지키게 되는 공동 운명체가 되고, 서로에 대한 보호의식이 본능처럼 작동하게 된다.

부모의 처지에서는 말할 필요도 없다. 아무리 비싼 수술이라도 의사인 부모는 자식의 모든 수술을 무료로 해줄 것이며, 정비공장을 하는 부모는 자식의 자동차 수리비가 아무리 비싸게 나와도 전부 무상으로 수리해 줄 것이며, 슈퍼마켓을 하는 부모는 자식이 카트가 터져나가도록 물건을 담아도 자식의 지갑을 절대로 열지 않게 해줄 것이다. 영화관을 하는 부모는 자식이 아침저녁으로 영화를 보러 와도 매일 무료로 입장시켜줄 것이며, 식당을 하는 부모는 자식이 밥을 먹으러 오면 고기를 듬뿍 썰어 넣어 공짜로 한바탕 식탁을 차려줄 것이며, 매일매일 와도 매일매일 이같이 해줄 것이다. 이외에도 부지기수다. 이것은 형제, 자매 등 한 뱃속에서 태어난 혈육 간에도 비슷할 것 같다. 물론 형제자매 사이는 부모와 자식 사이와는 다르겠지만, 아무튼 이 이야기는 원만하고 사이좋은 부모와 자식, 형제자매 사이라는 데에서 시작된다.

가족이냐, 아니냐, 이 경계선 하나로 사람들은 상대방을 대하는 태도가 완전히 달라지게 마련이다. 나는 살면서 종종 이런 엉뚱한 생각을 해보곤 한다. 누구와 어려운 거래나 상의를 할 때, 그가 좀처럼 협조해주지 않을 때, 내가 만약 그의 가족 중 한 사람이라면 그가 이렇게 나를 힘들게 할까. 물론 답은 뻔하다. 가족이면 그렇게 하지 않을 것이다. 그러나 나는 그의 가족도, 친척도 아니다. 힘들 수밖에 없는 것이다. 사회생활의 많은 일은 대부분 남남과 어울려 하게 된다. 일이 어렵고 쉽고가 반드시 가족이냐 아니냐 때문은 아니지만, 아무튼 일이 잘 풀리지 않을 때는 혈연과 지연을 찾다가 사돈의 팔촌까지도 찾게 되는 게 현실이다.

가족이 없는 사람은 외롭고 힘들다. 어려울 때 도와주는 사람도, 위로를 해주는 사람도 없고, 그저 혼자서 버티면서 살아가야 한다는 현실 속에서의 자기 모습 때문에 그렇다. 그 때문은 아니겠지만, 대부분 사람은 가족이 남처럼 시들해지고 말면 다시 가족을 만든다. 결혼하여 가정을 꾸리고, 아이를 낳고 살아간다. 가족이라는 것을 새로 만드는 것이다. 가족은 그만큼 서로에게 소중하고 필요한 조직이다.

가만히 들여다보면, 가족이라는 공동체처럼 이 세상에 절대적이고 단단한 것은 없다. 만물의 영장인 인간이 만든 것이기에 그렇다고 하기에도 그 설명이 부족하다. 벌들이 아무리 튼튼하게 집을 짓고, 대가족을 꾸려 산다고 해도, 하늘을 나는 새가 아무리 높은 곳에 누구의 손길도 닿지 않도록 집을 짓고, 자기들만이 살아간다 해도 인간이 만든 가족이라는 집처럼 오래 가면서 견고한 것은 없다. 또한, 인간이 만든 어떠한 인위적인 조직이나 모임도 가족이라는 집단의 끈끈함과 상호 유대감을 따라갈 수가 없다. 그것은 어떤 학연이거나 지연이거나, 기호거나 취미거나, 종교적 신념이거나를 다 넘어선다. 그곳에는 결코 벗을 수 없는 의무감과 상호 의존감, 기대감 같은 것이 내 의지와는 무관하게 단단히 얽혀 있기에 그럴 것이다.

그러나 단아야, 이러한 혈연적 운명체인 가족들 사이가 어떠한 이유로 틀어지게 된다면 어떻게 될까. 이해관계로 얽혀 서로에 대한 암묵적 기대감이 무너져 내린다면, 그 기대감이 배신감 같은 것으로 뒤바뀌어 버린다면 가족관계는 어떻게 될까. 마치 어느 막장 드라마처럼 될 수도 있는 것일까. 나는 당연히 그럴 수 있다고 생각한다. 그렇게 되어버린 관계는 남보다도 더 멀고, 더 처절하게 될 수도 있다.

180도 확 달라지는 것이다. 아예 인연을 끊고 지내기도 하고, 남보다 더욱 멀어지다가 심지어 원수 아닌 원수가 되기도 하는 걸 보면, 무섭다는 생각까지 드는 게 사실이다.

이는 너무 지나친 말일까. 아닐 것 같다. 차라리 남이라면 기대도 안 하고 믿지도 않았을 텐데, 가족이기 때문에 가지고 있었던 신뢰감이나 기대감이 배신감으로 뒤바뀌어 버린다면 그에 따른 분노와 실망은 하늘을 찌를 수밖에 없는 것이다. 우리는 살면서 이런 경우를 종종 본다. 어느 순간부터 서로를 악연이라고 생각하고, 원수가 되어서 서로 찾지도 보지도 않고 사는 가족들, 이 얼마나 슬프고 고통스러운 일인가. 가족이기 때문에 갖게 되는 서로에 대한 믿음은 타인의 것보다 수십 배는 높았을 것이고, 그것이 실망과 배신으로 돌아섰을 때, 그에 대한 증오심은 또 얼마나 깊은 것이 되고 말 것인가.

그러나 가족에게는 180도 또 다른 면이 있다. 가족 중 누군가가 마음먹기에 따라, 마음을 열고 양보하기에 따라 용서와 화합이 타인과의 그것보다 훨씬 쉽고 빠르게 이루어질 수 있다는 점이다. 강한 응집력으로 오랫동안 결속되어왔지만, 종종 한순간에 깨어지기도 하고, 오랫동안 부서져 있었어도 어느 순간 거짓말같이 복구될 수도 있는 것이 가족의 특성이다. 그러나 가장 바람직한 것은 당연한 이야기지만, 그러한 풍파 없이 오랫동안 서로 화목하게 지내는 것이다.

어떤 일은 가족이기 때문에 이해가 되고, 용서가 되기도 하지만, 또 어떤 일은 가족이기 때문에 이해가 안 되고, 용서가 안 되기도 한다. 모든 것이 공동의 책임이면서도 개개인의 책임이다. 가족이기 때문에 남들보다 더 어렵다는 생각을 가질 필요도 있다.

단아야, 가족이란 그런 것이다. 가족이라는 공은 내 마음껏 던지며 놀 수도 있지만, 아주 신중하게 다루어야 할 모두의 공이기도 하다. 남이라는 공보다도 더욱 조심스럽게 다루어야 하는 유리로 만든 공이기도 하다. 그 공이 가족들 모두의 손에 의해 잘 만져지고 공유되어서 다음 가족들에게 인계가 잘되었으면 좋겠다. 그것이 바로 그 가족의 얼굴과 마음을 비춰주는 가훈이 되지 않을까.

분노의 하루, 그러나 돌아다보면

…… 수평선으로 석양이 떨어지고 있다. 붉고 노랗다 못해 파랗게 물든 하늘이 쏟아지고 있다. 하늘과 바다가 한 몸이다. 나는 저 끝까지 가고 싶다. 어느 만큼을 가야 저곳에 다다를 수 있을까. 저곳은 내 생각보다 먼 곳일까, 가까운 곳일까. 수평선 뒤에 천국이 있을 것 같다. 천국은 마음이 편안해지는 곳일 게다. 그래서 그곳에 한번 가보고 싶다. 그 수평선 근처에서 작은 배 한 척이 울렁인다.

하늘 같은 바다를 저어 저 배는 어디로 가는 것일까. 수평선을 넘어가려는 걸까. 그러고는 어디로 가려는 걸까. 배가 반짝거린다. 그것은 파도에 출렁이면서 이리저리 기우뚱거리며 겨우겨우 항해하는 모습처럼 보인다. 아니다, 지금 침몰하고 있는지도 모른다. 몇몇 주검을 실은 채, 난파된 채로 침몰하고 있는지도 모른다. 그러나 아직은 물위에 떠 있는 배. 지금의 내 모습인지도 모른다…….

단아야, 해가 저물 무렵이면 나는 종종 이런 생각에 잠기곤 했다. 일과를 마치고 집으로 돌아오는 길에 석양을 만나면 나는 근처의 강으로 발길을 돌렸다. 그리고 강물 앞에 서서 이런저런 생각에 잠기다가 점점 우울해지기 시작한다. 석양이 짙을수록 나의 우울감은 더욱 깊어진다. 노랗고 붉은 눈물이 나를 감싼다.

왜 이렇게 슬퍼지고 쓸쓸해질까. 오늘 하루 고되었던 일과가 나를 그렇게 만드는 것일까. 일이라는 것은 항상 그랬는데, 특별히 나를 힘들게 했던 것은 없는데, 내 마음은 왜 이렇게 우울해지는 걸까. 주변 사람들이 나를 괴롭히지도, 내가 그들을 괴롭히지도 않았는데, 내 마음이 편하지 않은 것은 무엇 때문일까. 무엇인가가 불안하고 불편하다. 그저 힘들다. 이 사회에 대한 막연한 거부감 같은 것이 내 마음에 있다. 왜일까. 이런 것을 '이유 없는 반항'이라고 하나. 아무 의미도 없는 그런 거.

단아야, 현대인이 느끼는 분노에는 특별한 이유가 없는 것이 있다고 한다. 맞는 것 같기도 하고, 틀린 것 같기도 한 이 말. 무슨 말일까. 여기에는 무슨 뜻이 있을까. 곰곰이 생각해보아도 어떠한 결론을 얻을 수 없는 이 말에 대하여 우리 필요 이상으로 고민하지는 말자. 어쨌든 우리는 아무런 이유도 없이 내가 밉고, 타인이 밉고, 이 사회가 밉다. 종종 그렇다. 뉴스를 보아도, 무슨 소식을 들어도 별 관심이 가지 않으며 흥미가 없다. 주변의 일들이 못마땅하다. 공연한 불만은 미지의 스트레스에서 오는 짜증 같은 것일 수도 있다. 나는 안다. 이런 상태가 더욱 심해지면 사람들은 소리를 지르다가 물건을 집어 던지기도 하고, 물건을 부수며 한바탕 난리를 피우기도 하고, 남의 물건을 훔치거나, 아무나 마구 때리고 싶다는 것……. 그것이 막연한 분노라는 것도, 그러면 안 된다는 것도 사람들은 다 잘 안다.

아무 이유가 없는 일은 이 세상에 아무것도 없다. 이유를 정 못 찾으면 복잡해진 이 사회의 모든 구조 하나하나가 그 이유이며, 얽히고 설킨 서로 간의 관계 하나하나가 그 이유가 될 수 있다. 그 속에서 현대인의 생각은 꽈배기처럼 꼬여버렸으니, 이것을 이유라고 말하기에는 너무 넘칠지도 모르는 일이다. 어쩌면 이 말은 이 세상에는 아무런 이유가 없는 일들이 많이 있다는 뜻일지도 모르겠다.

십 년 넘게 살아도 옆집에 누가 사는지 서로 알 수가 없으며, 서로에게 관심도 없다. 조금만 시끄러우면 옆집의 불만과 항의가 관리실을 경유하여 우리 집에 전달된다. 옆집 벨을 누르면(그것도 여러 번 눌러야), 대문이 종이 한 장 들어갈 만하게 열려서 여자인지 남자인지 잘 알 수가 없는 사람의 눈알 하나가 보일랑 말랑 한다. 경계의 눈빛임이 틀림없다. 이웃과 서로 말을 섞는 것이 싫어진 이 단절의 시대에 이유 없는 분노가 치밀어 오른다. 서로가 서로에게 그렇다. 살면서 필요 없는 말은 하지 않겠다는 옆집 사람의 마음에서 찬바람이 인다. 대문이 부서지도록 쾅, 하고 닫히는 소리에 그 옆집에 사는 사람은

가슴이 덜컹 내려앉았다가 슬금슬금 화가 난다. 내가 잘못한 것도 없는
데…….

옆집 사는 사람에게 아무 말도 하지 않는 것이 공중도덕의 기본
은 아닐 것이다. 가끔은 별 쓸데없는 말도 하는 것이 이웃일 텐데, 아
파트 생활에는 찬 바람이 자주 분다. 관리비를 매달 꼬박꼬박 내면서
이렇게 살아가야 하는 아파트 사람들은 종종 알 수 없는 화가 난다.
이것은 자신에게 나는 화이기도 하다.

직장에서는 상사가 부하 때문에 화가 나고, 부하는 상사 때문에 화
가 난다. 동료들끼리도 그렇다. 어려워진 수학 문제 때문에 학생들은
화가 나고, 그것을 풀지 못하는 학생들 때문에 선생님은 화가 난다.
아이들은 많은데 그네는 세 개밖에 없어서 아이들은 화가 나고, 화가
난 아이들을 보며 유치원 선생님도 화가 난다. 들여다보면 다 이유가
있다. 그렇다고 내가 화가 난 것은 붉게 물든 석양 때문인가. 그것은
아닐 것이다. 나도 내 마음을 잘 모르겠지만, 어느 타인 때문일 것이
며, 그와의 원만하지 못한 관계 때문일 것이며, 내 마음대로 되지 않
는 그 무엇 때문일 것이다. 석양을 보면 분노가 가라앉아야 하는데,
거꾸로 되는 내가 한없이 바보 같다.

단아야, 이런 얘기를 들으면 너는 의아해하겠지. 웬 심술이냐고,
나를 나무랄 거야. 그래, 네 말이 옳다. 이것은 나의 공연한 심술이요,

투정일 것이다. 그 원인을 딱히 끄집어낼 수 없는 오늘 하루, 그냥 분노의 하루라고 하자. 매일 똑같은 일상생활에 몸과 마음이 지친 탓이라고 하자. 돌아다보면 화를 내야 할 이유가 더러 있었지만, 또 구태여 그래야 할 이유가 없는 하루였다. 이 같은 것은 석기시대에도 철기시대에도 마찬가지였겠지. 잡히지 않는 먹잇감 때문에 화가 났을 것이고, 억센 비와 바람, 그리고 폭설 때문에 화가 났을 것이고, 다른 나라가 쳐들어와서 화가 났을 것이고, 아내와 아이들을 빼앗겨서 화가 났을 것이다. 지금은 그런 일이 없는데 슬금슬금 화가 난다.

현대인들의 삶이란 고해를 헤엄쳐 다니는 것이라고 했다. 맞는 말이라고 생각한다. 삶이란 그저 하루 해 넘어가듯이 가는 것만은 아니었다. 사람 사는 일이란 기쁨보다는 슬픔이거나 괴로움이고, 희극보다는 비극이라고들 한다. 오늘 나는 저 석양을 쳐다보며, 출렁거리는 강물을 보며 이렇게 중얼거린다, 힘들어, 어렵고 힘들어. 오늘 하루가 피곤하고 고단하다……. 그리고 또 이런 생각을 한다. 내일도 그럴 것인가. 모레도 그럴 것인가.

그렇지만 단아야, 이렇게 생각하자. 뒤돌아보면 즐거운 일도 있었네. 그들 때문에 내가 웃었고, 나 때문에 그들이 웃었지. 내미는 내 손을 잡던 그들이 있었고, 그들이 내미는 손을 내가 잡았지. 그것이 즐거움이었으니 내일도, 모레도 내가 누구 손을 잡거나, 누가 내 손을 잡을지 몰라.

오늘 지치고 힘든 하루였지만, 그 이유를 찾으려고 필요 이상으로 애쓰지 말고, 저 석양을 천천히 보기로 하자. 내 마음에 거추장스러웠던 것들은 모두 한 가방에 넣어 저 강물에 던지기로 하자. 다 버리기로 하자. 내 머릿속에 있는 그 작은 배는 수평선을 무사히 넘어 내일이면 가야 할 목적지에 무사히 도착할 것이다.

자, 이제 나는 내일의 눈부신 태양을 보기 위하여 오늘 너무 늦지 않게 잠자리에 들기로 한다.

에레보스 신이여, 당신도 이제는 잠들어야 하지 않겠는가.

안녕.

적게 먹고, 적게 가져야 할 시대

단아야, 건강하게 오래 사는 것은 예나 지금이나 인생 최대의 관심사가 아닐 수 없다. 사람은 누구나 맛있으면서 몸에 좋은 음식을 먹고 싶어 하지만, 맛있는 음식이 곧 몸에 좋은 음식이 되지 않는 이상, 그것이 오래 사는 것과 직접 어떤 연관이 있는지는 잘 알 수가 없다. 아무튼 사람들의 음식 고르기에 대한 수고는 끝이 없을 것으로 보인다. 맛있는 것만을 계속 먹다 보면 아무래도 건강은 나빠질 것 같다. 그렇다고 맛없는 음식이 건강에 좋다는 말도 아닐 것이다. 결국, 고루고루 잘 먹어야 몸에 좋다는 초등학교 선생님의 가르침에 우리는 다시 주목해야 할 것 같다.

요즈음 매스컴도 건강 프로그램에 열을 올리고 있는 것을 보면, 몸에 좋은 음식으로 오래 살고 싶어 하는 사람들의 욕망은 끝이 없다는 것을 절감하게 된다. 당연한 이야기다. 사람들은 이런 프로그램을 통하여, 또는 여기저기 귀동냥을 통하여 자신의 건강관리에 노력을 많이 기울인다. 여기에는 물론 자기 나름대로 경험이 큰 몫을 한다. 얼마 전 TV 방송에서 어느 의사가 나와서 이런 말을 했다.

"좋은 것도 많이 먹으면 건강에 해롭습니다. 요즈음은 먹어도 너무 많이 먹습니다. 이제 평생을 그렇게 안 먹어도 병에 들거나 굶어 죽지 않습니다."

타당한 말씀이 아닐 수 없다. 요즈음은 먹어도 너무 많이 먹는다는 의사의 말속에는 현대인들의 식탐에 대한 고통이 고스란히 들어있다. 좋은 것 많이 먹고 싶어 하는 심리, 그 결과로 인한 비만과 성인병 등 부작용에 대한 고통이 그것일 것이다. 그것을 잘 알고 있으면서도 그런 이율배반 속에 우리는 매일 열심히 먹으며 살아간다.

건강한 몸을 갖고 싶은 것은 누구나의 바람이다. 요즈음 젊은 사람들은 진작부터 자신의 몸 관리에 많은 관심이 있다. 나이 들어서 건강관리를 하겠다는 생각은 이미 늦은 거라는 걸 그들은 잘 알고 있다. 그들은 먹는 일에도 그렇게 집착하지 않는다. 적절히 먹고(줄이고), 주기적으로 운동하는 그들의 모습은 먹고사는 일에 힘들었던 우리 젊었을 때 모습과는 너무나 다른 풍경이지만, 건강한 사회를 위하여 매우 바람직하다.

단아야, 나의 어렸을 적은 어땠을까. 두말할 필요도 없이 먹을 것이 궁했던 시절이었다. 먹는 일에 사활을 걸며 살았다 해도 과장이 아니다. 초등학교 시절에는 밥 세 끼 먹는 것이 감사한 일이었고, 군것질할 돈이 없어서 동네 구멍가게 앞을 서성이던 적이 한두 번이 아니었다. 항상 무엇인가를 먹고 싶었다. 그렇다고 우리들의 그 시절을 자꾸 얘기하면서 너희들에게 아끼며 검소하게 살라고 말하려는 것이 아니다. 요즈음 너희들은 스스로 알아서 적당히 먹고, 운동하고, 필요할 때 자기 몸에 맞는 다이어트도 한다는데, 이같이 스스로 판단하여 자제하고 관리하는 너희들에게 우리가 '이렇게 먹어라, 저렇게 먹지 마라' 할 수 있겠니. 예전에는 필요한 것을 제때에 못 먹고 살다 보니 쉽게 병에 걸리고, 일찍 죽기도 했겠지만, 이제 우리 사회는 그때하고는 비교할 수 없을 정도로 달라진 지 이미 오래되었다.

사람은 필요한 시기에 필요한 것을 잘 먹고 살아야 한다. 건강한 몸과 마음은 그런 과정을 통하여 만들어지기 때문이다. 그런데 자세히 들여다보면, 요즈음 일부 사람들은 먹어도 너무 많이 먹어서 탈이다. 맛있는 것들이 많아지고, 먹을 것도 다양해지고, 새로운 먹거리들이 매일매일 넘쳐나는 이 시대에 너무나 많이 먹어서 문제가 생기는 것이다. 처음 보는 음식도 생겨나고, 먹어보니 기가 막히게 맛이 있어서 자꾸 먹지 않고서는 견딜 수가 없는 것이 작금의 현실이다. 특히 단 음식은 우리의 미각을 더욱 강하게 자극한다. 더 진하고 강렬한 맛에 우리의 혀는 자꾸만 세뇌당하고, 그 결과 성인병은 점점 늘어가고 만다. 건강 의학도 그만큼 발달하여 장군, 멍군이겠지만, 아무튼 너무 먹어서 탈이 나는 이런 현상은 앞으로 더욱 심화될 것 같아 걱정되는 게 사실이다.

단아야, 좋은 것은 여러 사람이 나누는 것이 사회의 미덕인 것처럼, 먹는 것 역시 여러 사람이 나눈다면 참 좋은 일일 것이다. 먹는 것이 한정되어 있을 때, 이같이 한다면 더욱 빛이 나는 일이다. 지금은 우리가 먹을 것이 풍부한 시대에 살고 있지만, 언젠가는 그것도 바닥이 나고 말 것이다. 새로운 식량을 개발해야 한다는 얘기가 나오는 것도 그러한 이유에서겠지. 우리는 매일 맛있는 것을 찾아다니며 열심히 먹는다. 먹는 일에 많은 공을 들이고 애를 쓴다. 그것은 물론 사는 즐거움 중의 하나다. 맛있고 좋은 것을 찾아다니며 먹는 일을 나쁘다고 하는 것이 아니다. 다만, 마음 한구석이 씁쓸해지는 것은 먹는 일에 집착하면서 너무 많이 먹는 모습과 이제는 그렇게 먹지 않아도 죽지 않는다는 그 의사의 말이 오버랩 되기 때문이다.

지금 당장 나의 밥그릇을 반으로 줄이면 어떻게 될까. 하루에 두 끼만 먹으면 어떻게 될까. 배가 곯지도 않는다. 아무도 굶어 죽지 않는다. 당장은 아쉬운 듯해도 시간이 지나면 모든 것이 괜찮아진다. 많은 사람이 적게 먹고, 적게 갖는 생활을 한다면 그 나머지 것들은 어떻게 될까. 나머지 반은 다른 사람이 먹을 것이며, 나머지 한 끼 역시 다른 사람이 먹을 것이다. 모두가 건강한 몸과 마음을 가진 사회가 될 것은 자명한 일이다.

배우는 것도 마찬가지다. 요즈음 사람들은 배워도 너무 많이 배운다. 학생이라 해도 너무 많은 걸 배우고 있다. 그 처지에서 너무 어려운 것, 구태여 알 필요가 없는 것까지 알아내려고 밤을 새워가며 골머리를 앓고 있다. 남들 하니까 나도 해야 한다는 막연한 부담감이 쓸모없는 경쟁심리 속에 잔뜩 끼어 있다. 불필요한 힘의 낭비고, 시간과 돈의 낭비가 아닐 수 없다. 방안에 틀어박힌 채, 굳이 필요 없는 것들을 악착같이 알려고 정신이 피폐해지는 시간을 갖기보다는 밖에 나가 친구들과 어울려 공을 차거나, 모래밭에서 씨름 한판 하는 것이 더 나을지도 모른다. 모두가 다 상위권 대학교에 갈 필요는 없다. 그럴 수도 없을 것이다. 다른 대학에도 우수한 학생들이 가야 대학들은 인재의 나눔을 통하여 같이 발전하고, 학생들도 건강하게 성장할 수 있다.

과거와 비교하여 요즈음 우리 생활은 매우 좋아졌다. 모든 것이 풍족하고 여유로워졌다. 생활 수준을 나타내는 삶의 지표들이 한층 향상되었고, 남을 배려할 만큼 의식 수준도 높아졌다. 마음만 먹으면 얼마든지 사 먹을 수 있는 맛있는 음식들이 내 주변에 널려 있으며, 주머니에 돈도 그럭저럭 있다. 먹을 것들이 바닥나는 일은 거의 없다. 그야말로 먹고 마시는 시대에 우리는 살고 있는 것이다.

단아야, 얼마 전까지만 해도 우리 시대는 적은 사람이 많은 것을 가졌던 시대였다. 그러던 것이 이제는 많은 사람이 많은 것을 가질 수 있는 시대로 바뀌었다. 바야흐로 풍요로운 시대에 우리는 와 있는 것이다. 그런데 앞으로의 시대는 많은 사람이 적게 가지는 시대가 되었으면 좋겠다. 먹는 것도, 소유하는 것도 그랬으면 좋겠다. 자기 능력을 너무 과시하는 사람은 능력이 없는 사람보다 못난 경우가 많다는 사실을 알 필요가 있다.

이제는 그렇게 안 먹어도 굶어 죽지는 않는다. 그렇게 안 입어도 얼어 죽지는 않는다. 앞으로는 그렇게 안 배워도 더불어 같이 잘 살 수 있는 세상이 되었으면 좋겠다. 이런 세상은 누가 만드는 걸까. 오늘은 이런 생각을 하며 잠자리에 든다.

언젠가는
내려와야
한다는
사실 앞에서

단아야, 비행기에서 보는 지상의 모습은 얼마나 흥미로울까. 바다는 파랗게 물들인 유리판 같고, 산과 나무들은 모두 소꿉 장난감 같다. '훅' 하고 불면 금세 날아갈 것 같은 집들은 자기들끼리 옹기종기 모여 있고, 차들은 성냥갑보다 더 작다. 하늘 높이 올라가서 지상을 내려다보는 일은 이렇게 아찔하면서도 재미있다. 남산타워 꼭대기에 올라가서 서울 시내를 둘러보는 것도 그런데, 하물며 하늘 높은 곳에서 지상을 구경한다는 것은 얼마나 신나는 일일까. 대부분 사람은 그러기를 참 좋아하지. 보다 실감이 나려면 비행기보다는 천천히 움직이며 밖을 훤히 내다볼 수 있는 풍선 기구나 고공을 향하여 올라가는 회전 관람차를 타는 것이 훨씬 나을 거야.

1999년 영국 런던 테임즈 강변에 만들어진 밀레니엄 휠이라고 불리는 런던 아이(London Eye)는 회전 관람차 중에서 가장 인기가 높은 기구라고 한다. 천천히 움직이니까 처음 탔을 때는 아무런 흥분을 느끼지 못하지만, 시간이 지나면서 점점 높이 올라갈수록 사람들은 창밖을 내다보며 감탄을 하며 즐거워한다는데, 나는 아직 타보지는 못했지만, 생각해보는 것만으로도 아찔한 기분이 든다. 정상을 향하여 올라갈수록 흥분감은 점점 고조되어 드디어 맨 꼭대기까지 올라갔을 때, 지상의 모든 것들이 내 발아래 있을 때, 사람들은 손뼉을 치며 탄성을 자아낸다는데, 상상만으로도 그 기분을 충분히 이해할 수 있을 것 같다.

하늘 높이 올라갈수록 기분이 좋아지는 것은 왜 그럴까. 추락할지도 모른다는 사실에 사람들은 두려워하면서도 자꾸 하늘 높이 올라가고 싶어 한다. 짜릿한 기분과 스릴도 있을 것이고, 세상 모든 것들이 조용히 입을 다물고 순종하듯 내 발아래 있어서 그렇기도 할 것이다. 아, 저것이 사람 사는 모습이구나, 나도 저 속에 있는 거구나, 하고 사람들은 발아래 보이는 손톱만 한 풍경에 감탄하기도 하고, 흥분하기도 하고, 고개를 끄덕이며 스스로 돌아보기도 하지. 그러다가 어느 순간, 자신의 한없이 작은 모습을 생각하며 옷깃을 여밀지도 몰라. 그때의 감정이란 솔직하고 엄숙한 것이겠지만, 초라하고 씁쓸한 것일 수도 있어. 아무튼 사람들은 높은 곳에 올라가기를 좋아한다.

반대로 땅속으로 들어갈수록 점점 기분이 나빠지고 불안해지는 것은 왜일까. 너도 그렇겠지. 엘리베이터를 타고 지하 몇 층을 내려갈 때, 아니면 지하 깊은 탄광 속으로 내려갈 때 사람들은 말이 없어지고 점점 침울해진다. 손뼉 치는 사람도 없어. 사방이 깜깜해서 그럴까. 무덤으로 들어가는 기분이 들어서일까. 아무리 안전한 물체를 타고 있더라도 마음이 점점 불안해지면서 죽음의 공포까지 느끼게 되겠지. 이는 누구에게나 마찬가지일 거야. 아무것도 보이지 않는 깜깜한 지하로 내려가는 기분과 사방이 탁 트여서 시원하게 보이는 상공으로 올라가는 기분은 그야말로 천지 차이가 아닐 수 없을 것이다.

지하로 내려간 사람들은 언젠가는 올라와야 하지. 원래 있던 곳으로 올라와야 해. 지하 어두운 곳에 계속 머물러 있을 수는 없는 일이다. 그와 반대로, 사람은 올라가면 반드시 내려와야 한다. 역시 원래 있던 곳으로 말이야. 내려가 있거나 올라가 있는 상태로 영원히 살 수는 없어. 누구나 다 원래 자기가 있던 곳으로 와야 해. 많은 사람이 사는 그곳으로 와야 하지.

단아야, 사람들은 내려가기보다는 올라가기를 좋아한다. 어딘가를 자꾸 올라가려고 한다. 그러려고 애를 쓰곤 하지. 거의 매일 타는 엘리베이터든, 매주 가는 산이든 올라간다는 것은 기분 좋은 일이다. 나도 마찬가지야. 그래서 오늘은 올라가려고 하는 우리들의 욕구와 그 모습에 대하여 한번 이야기를 나눴으면 한다.

왜 사람들은 올라가고 싶어 하는지, 올라가면 왜 기분이 좋은 건지, 더는 설명할 필요는 없을 것 같다. 공간적인 상승만이 아니라, 자신이 속해 있는 사회에서의 지위의 상승도 마찬가지다. 누가 이것을 싫어할까. 사람들은 그것에 많은 관심과 욕심이 있지. 특히 직장에서의 승진, 출세, 사회적 신분의 상승, 또 유명해지는 것, 세계적으로 이름이 알려지는 것은 얼마나 기분 좋은 일일까. 모두 다 올라가는 일이니까.

그렇게 올라가는 삶을 지향해야 우리 생활이 지금보다 더 개선되고, 삶의 질이 향상된다는 것에 누구나 이견은 없을 것이다. 쉬지 않고 계속 올라가는 삶을 추구해야 함은 당연한 일이다. 우리 삶이 지금보다 후퇴할 수는 없는 일이라서 그것은 우리들의 의무일 수도 있고, 운명일 수도 있을 거야. 이는 누구에게나 공평하고 똑같은 사실이지. 사회적 출세 및 신분의 상승이라는 올라감도 중요하겠지만, 더욱 중요한 것은, 다 아는 이야기지만, 우리 개인의 인격 상승에 따른 삶의 질적 향상이 아닐까. 둘을 다 할 수 있다면 더더욱 좋을 것이고, 그렇지 않다면 후자가 더욱 가치가 있다는 걸 모르는 사람은 없으리라 생각한다.

사람은 누구나 다 내려와야 한다. 언젠가는 반드시 내려와야 한다. 올라간 만큼 내려와야 하는 법이다. 삶의 이치가 그런 것인데, 그 사실은 엄정하고 불변하는 것인데, 왜 사람들은 한번 올라가면 좀처럼 내려오려고 하지 않을까. 다른 사람은 다 내려가도 나는 안 내려가도 될 것처럼 아등바등하고 있을까.

더욱 중요한 문제는 언제, 어느 길로, 어느 속도로 내려가야 좋은지 하는 것이다. 산에 올라갔다가 너무 늦으면 내려갈 수도 없어. 고갯길을 오르느라 다리의 근육도 많이 긴장되었으니, 적당한 속도로 내려가야겠지. 잘못하면 고꾸라지거나 넘어지고 마니까. 아무리 밝은 전등을 들었다 해도 새까만 어둠이 잔뜩 깔린 산길을 내려가는 일이란 쉬운 것이 아니지. 우리 사는 세상은 종종 산속보다 더 깜깜하거든. 자주 그렇게 되는 것이 이 세상이야. 아무 때나, 자기 기분 나는 대로 내려오면 되는 줄 착각하고 사는 사람들이 많다는 사실에 우리의 마음은 씁쓸해진다.

요즈음 사람들은 현명하고 똑똑하니까, 대부분은 자신이 언젠가는 내려가야 한다는 그런 생각을 하며 살고 있지만, 그렇게 하지 못하는 사람들도 우리 주변에 여전히 많다. 언제 내려가야 하는지, 또 어느 길로 내려가야 하는지, 또 어느 만큼의 속도로 내려가야 하는지, 사람들은 그것에 대하여 별로 고민하지를 않는다. 사회적 신분이 높아진 사람일수록 더 그렇다면 너무 외람된 말일까. 높은 산에 올라가서 발밑에 있는 사람들과 집들과 차들을 보는 것도 기분 좋은 일이지만, 찬바람이 불기 전에, 해가 떨어지기 전에 하산해야 하는 것은 매우 중요한 일인데.

단아야, 우리 삶이란 누구나 다 같다. 올라가면 내려와야 하고, 내려가 있으면 올라와야 하지. 너는 지금 어떨까. 너희들은 한참 더 올라가야 할 거야. 내려오려면 아직 멀었어. 나는 지금 어떨까. 나도 시간이 조금 더 필요하다. 더 내려가야 하니까.

에필로그

나는 무엇을 하고 살았으며, 또 무엇을 할 것인가

—

가을이다. 밤나무 밑에 앉아 송이가 벌어진 밤알을 쳐다본다. 밤송이가 곧 떨어질 것 같다. 나무처럼 감사한 것이 없다는 생각은 진작부터 있었지만, 오늘은 그 고마움을 넘어 저렇게 열매를 맺고 선 나무가 참으로 대견하다. 사실 나무 앞에서 대견하다는 단어를 쓰면 안 된다. 그것은 나무에 한없이 송구스러운 일이고, 나에게는 한없이 교만한 일이기 때문이다. 인고의 세월을 묵묵히 견뎌서 드디어 소망의 열매를 맺은 저 나무 앞에서 우리는 이런저런 생각, 이런저런 말을 할 수가 없다. 그저 조용히 고개를 숙여야 한다. 숙연한 마음도 나무 앞에서는 부끄럽기만 하다.

바람이 나뭇잎들을 스칠 때마다 파도가 모래사장에 상륙하는 소리가 난다. 참 시원하고 깨끗하다. 인간이 만든 그 무엇도 바람과 부딪칠 때 저런 소리가 나지 않는다. 우리 인간도 자연이라지만, 우리 몸뚱이가 바람과 부딪칠 때 저런 소리가 나지 않는다. 자연과 자연의 자연스러운 부딪침, 그 만남의 소리를 들으며 우리는 겸손해지지 않을 수가 없다. 그리고 그들이 헤어질 때, 우리는 더욱 겸손한 마음으로 옷깃을 여미지 않을 수가 없다.

나무에는 사람이 붙여준 이름들이 있다. 우리는 그 이름 뒤에 '님' 자를 붙여야 마땅할 거다. 아직도 이름이 없는 나무들이 많이 있다. 깊은 산속에 가면 사람의 손길이 채 닿지 않는 곳에서 자라는 작은 나무들, 들풀과 산꽃들. 나는 사람이 그들에게 더는 이름을 만들어 붙여주지 않기를 바란다.

얼굴을 스치는 바람이 비단결 같다. 내 몸과 마음은 태양 앞의 눈처럼 다 녹아내린다. 그래야 한다. 이렇게 자연 앞에서 다 녹아내려야 나는 나를 들여다볼 수 있다. 나의 과거를 되돌아볼 수 있고, 지금의 나를 볼 수 있고, 미래의 나를 그려볼 수 있다. 나는 무엇을 하고 살았으며, 지금은 무엇을 하고 있는가, 앞으로는 무엇을 해야 할 것인가.

헨리 데이비드 소로는 1845년, 나이 28세 때, 매사추세츠주 콩코드 마을 근처에 있는 어느 호숫가에 살면서 나는 어디에서 무엇을 하며 살았는가, 하는 자문을 거듭했다. 그리고 그는 불후의 명작, 『월든』을 남겼다. 나도 그렇게 하고 싶다. 월든 호숫가에서 살지는 못할

망정, 그와 같은 자문을 계속하고 싶다. 어려운 세월을 열심히 살아왔기 때문에, 결혼해서 가정을 꾸리고, 아이를 낳아 키워냈기 때문에 나는 대단한 것인가. 비싼 집에서 살고 있기에 성공한 것인가. 천만의 말씀이다. 나는 여전히 교만하다.

대학을 다니다가 군대에 입대하고, 군 복무를 마치고 복학했을 당시, 나는 철이 다 든 청년처럼 생각하고 행동했다. 군대까지 다녀온 당시 나이 스물일곱이면 반드시 그래야 했다. 그래서 명동에 있는 오비스 캐빈에서 친구들과 모여 맥주를 마시고, 몽셀통통 다방에서 담배를 피우며 다리를 꼬고 앉아 지나가는 여자들을 훑깃거렸던 것인가. 뿌얀 담배 연기 속에서 머리를 맞대고 앉아 카드를 만지작거리고, 미팅계획을 짜느라 바빴던 것인가. 다들 그랬으니까 그래야 했던 것인가. 괜찮았던 것인가.

그러나 다 그렇지가 않았다는 사실을 알았을 때는 나는 이미 다른 길을 한참 동안 걸어간 후였다. 삶에 대한 목표의식도 희미하고, 문제의식도 뿌옇고, 개가 쫓는 대로 이리저리 몰려가는 양들처럼 살아왔다. 다들 나 같지가 않다는 사실을 깨달았을 때, 한참 잘못 걸어간 길을 돌아 나와야 했다. 그만큼 시간이 더 걸렸고, 노력이 필요했다. 그만큼 뒤처질 수밖에 없었다. 내가 다방에 앉아 마른기침하며 줄담배를 피우고 있을 때, 내 친구는 서점에 앉아 세계사 한 줄을 읽었으며,

내가 침을 튀겨가며 친구들과 미팅 얘기를 하고 있을 때, 내 다른 친구는 책향 가득한 도서관 안에서 이마의 땀을 닦고 있었다.

대한제국 말기, 평민 출신 의병대장이었던 신돌석은 스물일곱이 되던 1904년, 가을바람을 맞으며 평해에 있는 월송정에 올라 자신의 심정을 시 한 수로 읊었다. 스물일곱 나이에 무슨 일을 성취하랴, 라고. 일본이 러시아와 전쟁을 치르고 있던 그해, 그는 일본이 승리하면 그들이 이 땅에 침탈하여 앞으로 무슨 짓을 벌일 것인지에 대하여 생각하고 앞일을 고민했다. 그리고 활과 창과 화승총을 들고, 기관총과 대포와 신식 무라다총을 든 일본군과 맞붙었다. 짚신과 군화의 싸움이었고, 보리 주먹밥과 쌀밥과의 싸움이었다. 누가 이기고 누가 패할 것인지는 명약관화한 일이었다. 그러나 신돌석은 지지 않았다. 끝끝내 이 나라를 지켜내는 의지의 등불이 되었다. 나는 스물일곱 나이에 다방과 술집을 드나들었다. 시국이 다르다고 얘기하는 것은 비겁한 내 변명이다. 지금이 더 위기일지도 모른다.

나도 알았다. 민족과 국가가 필요로 하는 사람이 되기 전에, 내 주변의 사람들로부터 그러한 존재가 될 필요가 있다는 사실을. 아니, 이 세상을 살아가려면 올바른 내가 올바른 나를 필요로 해야 한다는 이 무섭고 엄연하고 근본적인 사실을 깨닫기 위하여 나는 정말 한참 동안 우왕좌왕했다. 늦었지만, 그래도 그것을 깨달았을 때가 가장 빠르다는 사실도 알았다.

　우리 가족과 우리 사회와 이 국가에서 필요한 사람으로 살아가는 일, 버킷리스트 정도를 써가지고는 안 된다. 하고 싶은 것이 아니라, 해야 하는 일이 되어야 하기 때문이다. I want가 아니라, I must가 되어야 하는 일. 그것을 나는 해야 한다. 앞으로 나는 나를 위로해줄 것이다. 나를 격려하고 다독여줄 것이다. 일할 때마다 그렇게 할 것이다.

　바람이 분다. 나뭇가지가 흔들린다. 잘 여문 밤 하나가 나를 툭 치며 떨어진다면 나는 황공하여 몸을 움츠리고 말겠지만, 나는 분명 그에게서 단단한 삶의 이유 하나를 또 배울 것이다. 나에게 아직 시간은 많다. 〈끝〉

시니어가 주니어에게

초 판 1쇄 인쇄 | 2020년 9월 2일
초 판 1쇄 발행 | 2020년 9월 10일

지은이 | 최성철
펴낸이 | 조선우 • 펴낸곳 | 책읽는귀족

등록 | 2012년 2월 17일 제396-2012-000041호
주소 | 경기도 고양시 일산서구 대산로 123, 현대프라자 342호(주엽동, K일산비즈니스센터)

전화 | 031-944-6907 • 팩스 | 031-944-6908
홈페이지 | www.noblewithbooks.com
E-mail | idea444@naver.com

출판 기획 | 조선우 • 책임 편집 | 조선우
표지&본문 디자인 | twoesdesign

값 13,000원
ISBN 979-11-90200-07-3 (03810)

이 도서의 국립중앙도서관 출판예정도서목록(CIP)은
서지정보유통지원시스템 홈페이지(http://seoji.nl.go.kr)와
국가자료공동목록시스템(http://www.nl.go.kr/kolisnet)에서
이용하실 수 있습니다.
(CIP제어번호: CIP2020032964)